Le secret d’un monarque

KELLY HUNTER

Le secret d'un monarque

Traduction française de
LOUISE LAMBERSON

AZUR

HARLEQUIN

Collection : Azur

Titre original :
PREGNANT IN THE KING'S PALACE

HARPERCOLLINS FRANCE
83-85, boulevard Vincent-Auriol, 75646 PARIS CEDEX 13
Service Lectrices — Tél. : 01 45 82 47 47 - www.harlequin.fr
ISBN 978-2-2804-6631-8 — ISSN 0993-4448

Composé et édité par HarperCollins France.
Imprimé en janvier 2022 par CPI Black Print (Barcelone)
en utilisant 100% d'électricité renouvelable.
Dépôt légal : février 2022.

FSC www.fsc.org MIXTE Papier issu de sources responsables FSC® C159065

Pour limiter l'empreinte environnementale de ses livres, HarperCollins France s'engage à n'utiliser que du papier fabriqué à partir de bois provenant de forêts gérées durablement et de manière responsable.

Prologue

Côte à côte, Valentin de Thallasia et sa sœur Vala traversaient nonchalamment les pelouses superbement entretenues, à l'extrémité desquelles se dressaient les bâtiments séculaires où une bonne douzaine de palefreniers travaillaient sous la direction du maître des écuries royales.

Actuellement, on y entraînait six équipes de poneys de polo, ainsi qu'une douzaine de chevaux de course. Le roi était un cavalier chevronné, mais Valentin lui-même ne partageait cette passion pour l'équitation que depuis tout récemment.

— Personne n'est dupe, tu sais ! lança Vala.

Valentin la regarda de biais, refoulant une pointe d'irritation.

Prince héritier destiné à monter sur le trône en temps voulu, il n'avait de comptes à rendre qu'à un nombre très restreint de personnes, dont son père, monarque absolu régnant sans partage sur le pays. Sa mère les ayant quittés des années plus tôt pour passer dans un autre monde, sa sœur jumelle était la seule qu'il écoutait à l'occasion. Son attitude avait en général le don de faire éclater la bulle de supériorité dont il s'entourait – ce qui, en théorie, était une bonne chose. Grâce à Vala, il gardait les pieds sur terre et conservait un tant soit peu de modestie. Mais sans apprécier ses critiques pour autant. Et ces derniers temps elle ne ménageait pas ses remontrances.

— J'ignore de quoi tu parles, dit-il suavement.

— Je parle de ton intérêt soudain pour les chevaux.

— Que veux-tu que je te dise ? C'est le printemps. Je n'ai pas envie de rester enfermé.

— C'est le printemps, et la nouvelle palefrenière soigneuse exerce un attrait irrésistible sur toi, répliqua Vala, pince-sans-rire. Tout le monde le voit, tout le monde le sait. Tu es aussi subtil qu'un étalon en rut… Non que tu saches ce qu'est une jument en chaleur puisque, avant l'arrivée de cette jeune fille, tu n'avais jamais manifesté le moindre intérêt pour les écuries !

— Eh bien, maintenant, je comble cette lacune. Tu devrais me féliciter, rétorqua-t-il en souriant, certain d'agacer sa sœur.

— J'essaye de te mettre en garde, espèce d'idiot ! Père n'approuvera pas ton nouveau joujou.

— Elle n'est pas un joujou, et elle a un prénom : Angelique.

— Oui, et un nom, Cordova. Je sais comment elle s'appelle, inutile de prendre cet air surpris. Et je la trouve sympathique. Elle est intelligente, spontanée, et beaucoup trop belle pour notre tranquillité à tous. C'est précisément cela qui va vous attirer de gros ennuis, auxquels ni toi ni elle ne serez en mesure de faire face. Si tu te lances dans une relation concrète avec elle et que père l'apprend, il la brisera, et il le fera devant toi.

— Tout ça parce qu'il n'a trouvé personne pour remplacer notre mère…

— Arrête tout de suite ! l'interrompit farouchement sa sœur. Père s'est totalement désintéressé de maman dès qu'elle lui a eu donné des héritiers. Il change de maîtresse comme d'autres changent de chemise, et sans qu'il y ait jamais de complications. Pas d'histoires ni de récriminations, et pas de bâtards royaux. Jamais. Tu veux savoir ce qui arrive à celles qui seraient assez stupides pour tenter de le berner ? Parce que j'ai entendu des rumeurs pénibles, et je les crois.

Il haussa les épaules avec ennui.

Ils approchaient des écuries, un ensemble de bâtiments de pierre construits des siècles plus tôt et servant de contreforts aux murs d'enceinte du palais.

À l'époque, il fallait soutenir les sièges. Si ces murs avaient été abattus côté est pour laisser la place à une route et permettre l'extension des jardins, des portions noircies par le temps en subsistaient encore dans cet endroit reculé, loin de la somptueuse demeure.

S'il n'aimait pas venir aux écuries auparavant, c'était entre autres parce que, en dépit de la présence des chevaux superbes et racés, il y sentait le poids de l'oppression et de la hideur peser sur lui. Ce qu'il ne confesserait jamais à sa sœur, naturellement. Pas question de lui avouer qu'il avait peur de fantômes.

Ni que, même s'il refusait officiellement d'accorder foi aux rumeurs qui couraient sur leur père, il se doutait qu'elle avait raison.

— Valentin, dit-elle en lui posant la main sur le bras pour l'arrêter, je suis inquiète. Je ne sais pas ce qui cloche chez père, mais son comportement empire de jour en jour. Ses éclats de rage. Sa cruauté. Même toi, tout prince héritier que tu sois, tu n'es plus à l'abri comme autrefois, à l'époque où tu le croyais capable de marcher sur l'eau et où tu t'évertuais à lui ressembler. Tu as dix-huit ans. Désormais, il te considère comme un rival, et cela n'augure rien de bon. Il va t'envier, abuser de son autorité, et écraser Angelique. Je le vois venir, c'est évident. Il n'y a que toi qui es aveugle.

— Écoute, il peut être difficile à satisfaire, c'est vrai. Il n'est pas tendre avec les femmes. Avec toi. Je le vois très bien.

Sa sœur éclata d'un rire amer.

— Moi ? Je suis la plus jolie poupée du palais, la mieux habillée. Tant que je me limiterai à ce rôle, il m'adorera. J'ai l'intention de me marier de bonne heure et de partir d'ici dès que je le pourrai. Et avec un peu de chance je réussirai à lui donner l'impression que c'était son idée…

Elle le regarda droit dans les yeux, l'air implorant.

— Mais toi… Tu dois être prudent quant au choix de tes maîtresses, d'accord ? Et à ta façon de t'y prendre avec elles. Ne joue pas avec tes beaux jouets devant lui. Ne laisse jamais l'attirance que tu éprouves pour Angelique se transformer en autre chose. Et surtout ne couche jamais avec une femme sans te protéger.

— Tu plaisantes ? C'est toi qui me donnes un cours d'éducation sexuelle ?

— Je te recommande de faire *attention*. Des choses terribles arrivent aux femmes qui se font engrosser par notre père. Et à celles qui osent le défier. Renseigne-toi si tu ne me crois pas.

Leur père avait ses défauts, mais de là à faire de lui un monstre…

— Tu dis n'importe quoi, comme d'habitude.

— Je suis très sérieuse, Valentin, insista sa sœur en plissant le front. Pourquoi te crois-tu toujours plus intelligent que les autres ? Pourquoi ne peux-tu pas simplement *m'écouter* ?

— D'accord, acquiesça-t-il à contrecœur. Je serai discret.

— Tu as intérêt.

Sur ces paroles, Vala disparut à l'intérieur des écuries, pressée de voir les nouvelles poulinières.

Oui, leur père était un homme distant et dur. Il n'avait que faire des mauviettes, parce que diriger un royaume requérait de la force. Quant à sa façon de traiter les femmes…

Valentin n'y voyait pas de la méchanceté mais de l'indifférence. Certes, le taux de renouvellement était élevé, mais elles savaient à quoi s'attendre dès le départ. Elles sortaient de sa vie aussi vite qu'elles y entraient. Son père avait des besoins naturels, voilà tout. Et lui, il était le fils de ce père – lequel se doutait bien que son héritier ne comptait pas rester vierge jusqu'à son mariage, n'est-ce pas ? Et qu'il n'avait pas l'intention de se marier avant longtemps, ni avec la ravissante Angelique Cordova, ni avec aucune autre femme.

Angelique ne faisait pas partie du personnel permanent, elle rentrerait en Espagne une fois son travail terminé, ce qui représentait un atout supplémentaire. Elle était en effet venue avec les six superbes juments du haras Cordova choisies pour participer au programme de reproduction des écuries royales de Thallasia. Un an, une livraison de poulains, et quatre ans après ceux-ci seraient prêts à opérer sur le terrain de polo, tandis qu'Angelique et ses juments auraient repris le chemin du haras familial.

D'ici là, il espérait bien avoir apaisé le désir ressenti dès le premier instant où il l'avait aperçue. Pourquoi ne pas profiter de l'opportunité de vivre un peu, d'aimer un peu, et d'apprendre à satisfaire une femme ? Parce que, jour et nuit, il rêvait de satisfaire Angelique. De la combler si totalement qu'elle ne l'oublierait plus jamais.

À dire vrai, elle l'obsédait au point qu'il en perdait l'appétit et le sommeil. Il fallait qu'il la possède. Ensuite, il se la sortirait de l'esprit et pourrait envisager de se choisir une épouse digne de son rang. Mais ça ne pressait pas.

Et puis, Vala se trompait à propos de la cruauté de leur père. Celui-ci comprendrait très bien les besoins virils de son héritier.

Fort de cette certitude, il s'avança dans l'allée principale comme le futur propriétaire des lieux qu'il était.

Alessandro, le maître des écuries, le salua d'un hochement de tête.

Rien n'échappait à son regard acéré, ce qui était un bien... Et un inconvénient.

Valentin était favorable à l'idée de s'initier au programme de reproduction en cours. Quant à ses talents de cavalier, il pouvait toujours les améliorer. Il avait *beaucoup* à apprendre auprès du personnel des écuries. Et il saurait être discret, Vala pouvait être tranquille.

Une heure plus tard, il quittait le bureau d'Alessandro, la tête pleine de noms de races et de chevaux, avec une idée plus précise de la valeur des juments louées par le roi. Le haras Cordova était particulièrement renommé dans les cercles de reproduction équine, et ce depuis trois cents ans. Posséder l'un de leurs chevaux représentait un signe de puissance. Il s'agissait d'argent et de pouvoir, de passion et de statut, ce qui signifiait qu'Angelique n'était pas n'importe qui. Elle faisait partie d'une royauté d'un autre ordre.

Ce statut la rendait encore plus irrésistible. Et maintenant il avait un bon prétexte pour l'approcher, puisqu'elle était la personne idéale auprès de qui vérifier les informations qui venaient de lui être communiquées.

Il l'aperçut bientôt en train de doucher avec soin le deuxième étalon favori du roi au jet après une séance d'entraînement. En pantalon d'équitation beige, bottes de cuir noir et T-shirt de coton blanc, elle offrait une vision qui mit en péril le peu de contrôle qu'il lui restait.

Entre les mains d'Angelique, le fier étalon se laissait faire comme un agneau, mais cela n'empêcha pas Valentin de proposer son aide à la ravissante soigneuse.

Une aide qu'elle refusa tout en repoussant une mèche de cheveux derrière l'oreille.

Sa longue chevelure noire lui tombait jusqu'à la taille, mais elle la tressait pour travailler, en une natte épaisse qui coulait dans son dos. Il l'avait vue la dénouer une fois, et il comptait bien revoir cette masse luxuriante se répandre librement sur le dos nu d'Angelique.

— Vous me regardez comme si j'allais braquer le jet vers vous, dit-elle d'un ton plus provocateur que menaçant.

— Vous n'oseriez pas, répliqua-t-il en lui offrant son sourire le plus charmeur. Parce que cela me forcerait à ôter devant vous ma chemise mouillée.

Elle éclata de rire et saisit le grattoir, qu'elle entreprit de passer sur le dos du cheval.

— Vous êtes vraiment le garçon le plus arrogant que j'aie jamais rencontré ! ajouta-t-elle en éclatant à nouveau de rire.

— *L'homme* le plus arrogant, corrigea-t-il en carrant les épaules.

Le rire mélodieux fusa de plus belle.

— Concentrez-vous sur votre tâche, Angelique, cria Alessandro depuis un box voisin.

— Vous voyez ? Il y en a qui travaillent, Altesse. Et vous allez m'attirer des ennuis si vous continuez à m'importuner.

Mais elle n'avait pas du tout l'air inquiet, peut-être parce qu'elle travaillait avant tout pour le haras Cordova. Cela lui conférait une liberté et une franchise interdites aux autres palefreniers. Sans compter qu'elle était la meilleure cavalière de toute l'équipe.

— Combien de chevaux vous reste-t-il à faire travailler ?

— Le meilleur étalon de votre père, et ma jument préférée.

Les deux montures les plus prestigieuses parmi les pensionnaires actuels des écuries royales. Une information récente dont il comptait bien profiter.

— Je pourrais peut-être vous aider ?

Elle se redressa lentement, avant de le regarder de la tête aux pieds en prenant tout son temps.

Elle n'était pas indifférente à son charme, loin de là, et le petit manège auquel ils se livraient tous les deux enchantait Valentin.

— Vous en seriez capable ?

Au lieu de répondre à sa question, il s'adressa directement au chef :

— Je monte l'étalon de mon père, et nous pousserons jusqu'au pavillon du garde-chasse, Alessandro. Cela suffira-t-il pour son entraînement du jour ?

La tête et les épaules du maître des écuries apparurent au-dessus de la cloison séparant les box.

— Vous avez la permission de votre père ?

— Il n'a pas dit « non ».

Évidemment, puisque Valentin ne lui avait pas posé la question.

— Angelique peut-elle m'accompagner ?

Alessandro tourna son regard perçant vers la jeune fille et lui asséna quelques mots en espagnol. Angelique acquiesça d'un hochement de tête et lui répondit dans la même langue.

— Alors ? s'enquit Valentin.

— Il m'a recommandé de ne pas vous encourager et de veiller à ce que vous ne vous rompiez pas le cou. Il m'a dit aussi d'être prudente. Et il a ajouté qu'il espérait que je savais ce que je faisais.

— Autrement dit, il a accepté.

— À condition que vous montiez la jument.

— *Pardon ?*

— L'étalon est survolté parce qu'il a sailli une jument hier. Nous l'avons envoyée dans l'une de vos fermes ce matin, mais il la sent encore. Si nous chevauchons ensemble, c'est moi qui le monterai, parce que c'est une brute barbare. Et vous, vous aurez le plaisir de monter une jument Cordova bien élevée.

— Je ne comprends toujours pas, fit Valentin en haussant un sourcil.

Elle tourna les yeux vers le box de l'étalon favori du roi.

— Moi, celui-ci.

Elle désigna un autre box.

— Vous, celle-là. Elle est plus rapide que la grosse brute, de toute façon.

— On parie ?

C'était le seul moyen de tolérer cette insulte à sa virilité.

— J'adore parier.

Vingt minutes plus tard, ils s'acheminaient vers la forêt.

Il leur fallut une demi-heure pour atteindre le pavillon du garde-chasse. Valentin fut le premier à descendre de sa monture et regarda du coin de l'œil Angelique sauter lestement à terre, puis contempler le pavillon, les mains sur les hanches et la tête inclinée sur le côté.

— Vous voulez entrer ? demanda-t-il.

— Il y a quelqu'un à l'intérieur ?

— Non.

— Alors, c'est non. Avant de coucher avec moi, et ne me dites pas que vous n'en avez pas envie, je le sais, vous pourriez d'abord essayer de me connaître un peu.

— J'en sais déjà beaucoup sur vous.

Elle venait d'une vieille famille espagnole d'éleveurs et d'entraîneurs possédant des terres immenses dans les Pyrénées. Sa mère était originaire de Liesendaach, le royaume voisin de Thallasia, mais elle avait vite adopté le pays de son mari. Angelique avait une sœur jumelle, Luciana, et un frère aîné, Enrique. Elle aimait se lever avant l'aube et faire une pause de deux heures à la mi-journée, avant de se remettre au travail jusqu'à tard le soir. Elle ne craignait ni les chevaux ni les hommes – ce en quoi elle avait tort, estimait Valentin. Elle était d'une beauté stupéfiante, et il n'était pas le seul à l'avoir remarquée. Certains des hommes de son père la dévoraient ouvertement des yeux et tenaient des propos déplacés à son sujet.

L'avertissement de Vala resurgit dans son esprit, le poussant à dire tout à coup :

— Vous devriez rentrer chez vous le plus tôt possible. Ne restez pas ici. Laissez Alessandro veiller sur les juments de votre père. Revenez lorsqu'elles mettront bas. Ou, encore mieux, ne revenez pas du tout.

Elle le dévisagea avec curiosité.

— Pourquoi ?

— Vous n'êtes pas en sécurité ici. Vous êtes trop…

Elle attendit, mais il ne sut comment formuler ce qu'il voulait dire.

— Trop quoi ?

Trop sauvage, trop innocente, trop belle, trop irrésistible.

— Trop séduisante pour les machos qui vous lorgnent du coin de l'œil. Je ne suis pas le seul à vous avoir remarquée. Votre père aurait plutôt dû envoyer son fils.

Baissant les yeux, elle effleura une touffe d'herbe du bout de son pied chaussé de cuir noir.

— Et si je vous disais que mon frère aurait été encore plus en danger que moi, ici ?

— Vous vous tromperiez.

Un petit sourire étrange passa sur la belle bouche d'Angelique tandis qu'elle le regardait par-dessous la mèche rebelle qui lui tombait sur le front.

Lentement, il tendit la main et la lui repoussa doucement du visage.

Elle ne fit rien pour l'en empêcher.

— Vous ignorez tout de moi et de mon frère. Je sais très bien veiller sur moi, répliqua-t-elle, la voix légèrement tremblante.

— Quels sont vos fruits préférés ? demanda-t-il.

— Les mangues… Et les fraises.

— Votre boisson ?

— Un bon café noir. Ce que l'on ne trouve pas ici ! Pas plus que les mangues ni les fraises…

Il pourrait arranger cela.

— Et où préférez-vous être embrassée ?

Un courant brûlant vibra entre eux.

— Là, finit par murmurer Angelique, en posant brièvement la main à la base de son cou gracieux.

Il effleura l'endroit du bout des doigts, et la chaleur se répandit en lui, presque insupportable. Angelique renversa la tête, il sentit le pouls battre sous ses doigts à un rythme saccadé. Sa peau était douce, satinée, un parfum d'été émanait de ses cheveux soyeux…

— Où encore ?

Elle referma les doigts sur les siens et les fit remonter vers son oreille.

— Ici.

Penchant la tête, il l'embrassa à la naissance du cou en même temps qu'il caressait l'endroit qu'elle venait de lui indiquer.

— Comme ceci ? souffla-t-il d'une voix méconnaissable.

Pour toute réponse, elle tourna le visage vers le sien, et leurs lèvres se rencontrèrent.

Il l'embrassa à pleine bouche, ivre de son goût, de sa chaleur. Ils continuèrent à se dévorer, ne s'arrêtant ni pour entrer dans le pavillon, ni pour gagner le salon et son énorme sofa recouvert de cuir.

C'était dans cette pièce à la décoration surannée qu'ils avaient entamé leur programme de découverte réciproque, s'y abandonnant avec ravissement encore et encore. Ce jour-là, puis durant les semaines qui avaient suivi cette première étreinte, et encore à présent.

Valentin ne vivait plus que pour leurs rencontres. Sans se soucier des sbires de son père, qui les surveillaient, de plus en plus soupçonneux. Sans écouter sa sœur qui couvrait ses absences et lui répétait de rester prudent et discret.

Il était l'aîné. L'héritier de la Couronne. Il ne pouvait pas se permettre d'aimer à sa guise. Il le savait.

Angelique le savait, elle aussi. Ils avaient discuté de ce qu'il avait à lui offrir. C'est-à-dire pas grand-chose. Non seulement elle était une étrangère, mais elle travaillait. Lui-même épouserait un jour une aristocrate de Thallasia. Son avenir était programmé depuis sa naissance.

Ils le savaient tous les deux. Ils l'acceptaient.

Ils s'amusaient ensemble, voilà tout.

Ce qui n'empêchait pas Valentin de multiplier ses rendez-vous secrets avec Angelique. Il apprenait à la combler. Ses cris de plaisir le ravissaient. Il adorait la sentir se contracter autour de lui quand elle cédait à la jouissance.

Cependant, il était conscient de négliger ses devoirs princiers. L'abandon irresponsable dont il faisait preuve devait cesser. Et ce, avant qu'il ne se donne cœur et âme à Angelique Cordova, en plus de lui offrir son corps.

Mais il ne lui dit rien de tel tandis que, roulant sur le flanc, elle se dégageait de son étreinte et commençait à se rhabiller à la hâte, lui enjoignant de l'imiter parce qu'il était très tard.

Elle avait raison. Ils allaient devoir regagner les écuries au grand galop.

— On fait la course, lança-t-il bientôt, en enfourchant sa monture.

Angelique le prit au mot, elle montant toujours l'étalon et

lui la jument. Alessandro pouvait se montrer tolérant, mais il ne prendrait jamais le risque que le prince héritier se rompe le cou à cause d'un cheval au tempérament trop fougueux.

Quand ils arrivèrent à bride abattue en vue des écuries, ils découvrirent que le roi les attendait, campé devant l'entrée principale.

1.

À trente ans, Valentin de Thallasia était un homme convoité. Son statut de monarque, son physique avantageux et la richesse de son pays lui garantissaient un avenir brillant.

Durant les premières années de sa vie adulte, il avait accumulé les conquêtes féminines, et son appétit insatiable lui avait valu une solide réputation de séducteur. À vingt-huit ans, la santé de son père déclinant, il avait dû calmer ses ardeurs, se montrer digne du rôle qui lui était échu et se tenir prêt à monter sur le trône. Il s'était fiancé avec une héritière de sang noble possédant toutes les qualités attendues chez une future reine. Versée dans les pratiques de la cour, cultivée et ayant suivi une instruction de haut niveau, l'élue avait été présente à ses côtés dans tous les moments difficiles. Il la trouvait plutôt agréable et sympathique. Et surtout elle garantissait sa moralité.

Lorsque, la veille au soir, il avait rompu leurs fiançailles de deux ans, elle l'avait regardé avec pitié avant de lui tendre la bague ayant appartenu à sa mère. Elle lui avait ensuite demandé d'attendre vingt-quatre heures pour annoncer leur rupture, le temps pour elle de regagner la propriété de son père. Elle préférait éviter les questions des journalistes, avait-elle dit. Elle avait ajouté qu'elle lui laissait le soin d'expliquer sa décision. Puis elle l'avait embrassé sur la joue et lui avait recommandé de prendre soin de lui.

Avait-elle fui par lâcheté, ou était-ce une façon de lui montrer sa compassion ?

Allez savoir. Mais peu importe, elle était partie, et le tournoi de polo organisé au profit d'un organisme de bienfaisance battait son plein à Liesendaach.

Il aurait pu prétexter une crise quelconque ou un problème urgent et rentrer à Thallasia dès le matin. Son hôte et ami d'enfance, le roi Theodosius, aurait compris. Au lieu de cela, il avait choisi de rester. Comme s'il avait flairé que quelque chose n'allait pas, Theo l'avait entraîné à l'écart, mais dans un endroit d'où l'on pouvait parfaitement suivre le match, et il attendait maintenant patiemment que Valentin se décide à parler.

Il contempla les jardins superbes entretenus par toute une armée de jardiniers, le terrain de jeu impeccable…

Le palais royal de Liesendaach était d'un raffinement hors pair. Quelque peu ostentatoire, aimait à dire le roi Casimir de Byzenmaach avec un sourire espiègle – et prétentieux, murmurait alors le roi Augustus d'Arun.

Il fallait reconnaître que les palais de ses deux autres amis d'enfance étaient austères, voire sinistres en comparaison. Et, en dépit de tous les aménagements que Valentin lui-même avait fait effectuer récemment à Thallasia, il savait très bien que son palais n'était pas comparable à celui de Theo.

— Je ne suis plus fiancé.

— Je m'en doutais, répliqua son ami sans ciller. Vu que ton ex a présenté ses excuses ce matin et est partie avant le petit déjeuner sans sa bague de fiançailles. Désolé, je la trouvais assez agréable.

— Ce n'est pas très flatteur pour elle.

— Je n'ai jamais eu l'impression qu'elle te plaisait plus que cela, fit Theo en se détournant pour regarder le match. Et maintenant qu'est-ce que tu comptes faire ?

Bonne question. Cependant, Valentin n'avait pas l'intention de se confier davantage.

Le silence s'installa entre eux, tandis que Theo tournait de temps en temps la tête vers lui d'un air pensif.

— Dis-le, bon sang ! finit par s'exclamer Valentin. Je connais cette expression. Tu mijotes quelque chose.

— Pas du tout, répliqua tranquillement Theo. Je réfléchis.

— À quoi ?

— Tu te rends compte que, toi et Angelique Cordova, vous ne vous approchez jamais l'un de l'autre à moins d'une cinquantaine de mètres ? C'est chorégraphié d'avance ? Vous répétez ?

— J'ignore complètement de quoi tu parles, mentit Valentin. En revanche, je remarque avec intérêt que, de ton côté, tu t'es beaucoup rapproché de la famille Cordova ces derniers temps.

— Moriana a pris Angelique et Luciana sous son aile.

— Tu crois que c'est prudent de laisser ta femme se lier avec tes anciennes maîtresses ?

Il n'avait jamais réussi à pardonner tout à fait à Theo d'avoir fréquenté Angelique *et* Luciana Cordova quelques années plus tôt. On racontait qu'elles sortaient avec lui à tour de rôle et qu'elles avaient parié un cheval avec Benedict, le cousin de Theo, que ce dernier ne s'apercevrait pas de la différence entre les deux jumelles. À en croire la rumeur, elles avaient gagné leur pari.

— Ce serait des plus imprudent. Heureusement, je n'ai jamais partagé ce genre d'intimité avec aucune des jumelles Cordova, Dieu merci. Il s'agit simplement de faire plaisir à Moriana. Elle les trouve rafraîchissantes.

Vraiment ? Theo se rendait-il compte qu'en les laissant se fréquenter il courait à la catastrophe ?

— Tu aimes le risque, se contenta-t-il d'ajouter.

— Tu t'es disputé avec Angelique ? C'est pour cela que tu mets un point d'honneur à l'éviter ?

— Je ne l'évite pas.

Il ne faisait rien pour la rencontrer, voilà tout.

— Je ne me suis disputé ni avec elle ni avec aucun membre de sa famille. Ils élèvent des chevaux exceptionnels, et je t'envie de pouvoir en obtenir.

Actuellement, la liste d'attente était si longue qu'il fallait patienter dix ans avant d'acquérir un poney de polo venant du haras Cordova. Et, si la demande provenait de Thallasia, elle n'avait aucune chance d'aboutir.

— Ton père aurait dû réfléchir davantage avant de renvoyer Angelique autrefois.

Au contraire. Le roi savait très bien ce qu'il faisait.

— Pour quel motif l'a-t-il bannie, déjà ? poursuivit Theo. Pour avoir monté son précieux étalon sans sa permission ?

— Pour lui avoir fait faire la course avec la jument pur-sang la plus rapide des écuries.

Il était bien placé pour le savoir, puisqu'il montait la jument en question.

— Ton père l'a aussi accusée d'avoir des mœurs légères, n'est-ce pas ?

— En effet.

Accusation dont Valentin se savait partiellement – sinon entièrement – responsable.

— Mon défunt paternel n'avait pas toujours raison.

Et peu de gens le regrettaient, ajouta-t-il en son for intérieur. Voire personne.

— Et pourtant cette réputation colle à la peau d'Angelique, dit Theo, songeur. Alors elle a décidé de l'assumer plutôt que de chercher à s'en débarrasser, parce qu'elle a su dès le début qu'elle ne remporterait pas ce combat. Je respecte son attitude. Ma femme aussi.

Il se tourna vers Valentin.

— Tu ne te demandes jamais ce qu'elle aurait pu devenir si elle n'avait pas été injustement ostracisée ?

— Non, jamais. Angelique Cordova est vénérée par les champions de polo et les aristocrates, elle n'appartient à personne et n'a de comptes à rendre qu'à elle-même. Qu'y a-t-il de si terrible à cela ?

Par moments, il l'enviait. Et d'ailleurs cela faisait déjà un moment qu'il ne regardait plus le match.

Il ne voyait qu'Angelique, c'était plus fort que lui. Dans son pantalon d'équitation couleur ivoire, ses hautes bottes de cuir noir et un chemisier ajusté noir, avec ses cheveux de jais tressés en une natte épaisse lui descendant jusqu'aux reins, elle dégageait une aura d'autorité et de séduction naturelles qui n'appartenait qu'à elle.

Il s'accouda à la rambarde métallique et déclara avec calme :

— J'envisage de renoncer au trône.

— Ah ah ! Très drôle.

— Je suis sérieux.

Au-delà des prairies verdoyantes côtoyant un terrain boisé d'un côté et des jardins de l'autre, on apercevait le somptueux palais de pierre blanche. Le cadre idéal pour accueillir un événement de cette ampleur, qui s'achèverait par un bal glamour. Et, à la fin de la soirée, suffisamment de fonds auraient été collectés pour financer la construction d'une nouvelle annexe d'hôpital ou un nouveau programme d'éducation.

Il avait participé à mille journées semblables à celle-là, et il ne se sentait pas la force d'en affronter un millier supplémentaire.

— Je suis sérieux, répéta-t-il avec le même calme.

Theo tourna la tête vers lui, l'air sincèrement inquiet.

— Tu ne peux pas faire ça, Valentin !

— Tu parles du moment où Angelique a été renvoyée comme si ça avait été un tournant décisif dans sa vie. Comme si cela avait refaçonné son univers. Tu en parles comme si elle l'avait vécu comme tel et assumé, quoi qu'il lui en coûte.

Il s'interrompit.

Theo pouvait-il comprendre à quel point il désirait tourner le dos à tout ce pour quoi il avait été élevé, et s'enfuir avec elle ?

— Je me trouve moi aussi à un tournant décisif sans l'avoir vraiment voulu, continua-t-il. Et, comme Angelique, je ne peux ni lutter contre l'adversité, sachant que je n'ai aucune chance de sortir vainqueur de ce combat, ni l'accepter et voir où cela me mène. Je suis fatigué, Theo.

Et désormais stérile.

À quoi bon un roi stérile ?

— Je sais que tu as été malade, mais je sais aussi que tu es totalement rétabli.

— C'est ce que tes espions t'ont rapporté.

— Se seraient-ils trompés ? demanda son ami en fronçant les sourcils.

Valentin laissa échapper un rire étouffé.

— Cela doit bien arriver de temps en temps, non ?

— Non, répondit Theo, catégorique. Tu es mourant ?

— Pas que je sache.

— En passe de devenir fou ?

— C'est l'impression que je te donne ?

— Pas du tout. Et ne t'avise pas de me dire que tu pleures la perte de ta fiancée, parce que je ne te croirai pas. Elle t'ennuyait à mourir.

— Elle a redoré mon image, répliqua Valentin avec franchise. Et elle s'est montrée fort charmante.

— Et elle t'ennuyait à mourir, répéta Theo. Et puis, à supposer que tu aies de bonnes raisons d'abdiquer, qui d'autre que toi pourrait gouverner Thallasia ? Ta sœur ? Tu ne peux tout de même pas l'envisager ?

— Pourquoi pas ?

Theo le dévisagea un long moment en silence.

— Ta sœur possède de nombreuses qualités, mais pas celles d'un leader.

— Elle peut les acquérir. Je l'y aiderai.

— Cela ne s'acquiert pas, objecta son ami avec une pointe d'irritation dans la voix. On est un leader ou on ne l'est pas. En dépit de sa beauté et de ses qualités, Vala n'a pas ce qu'il faut pour diriger un pays, tu le sais aussi bien que moi. Et tu voulais connaître mon avis sur la question, sinon tu n'aurais pas abordé le sujet avec moi. Ta sœur n'est pas toi, Valentin. Toutes les avancées qui ont été réalisées grâce à toi, grâce à *nous,* dans la région ces dernières années, depuis la mort de ton père, se verraient compromises. C'est ce que tu veux ?

— Tu sous-estimes ma sœur, Theo.

— Mais pourquoi ? *Pourquoi* songes-tu à renoncer ?

Valentin n'avait rien à répondre. Étrangement, il ne pouvait se résoudre à parler de la stérilité consécutive à sa maladie. Son incapacité à procréer lui semblait inextricablement liée à ses fonctions royales et à son identité.

— Je pourrais toujours la conseiller.

— Ou rester sur le trône, répliqua Theo, à bout de patience. Je suis né, j'ai été élevé et façonné dans le seul but d'être roi, avec tout ce que cela implique. Toi aussi. Nous servons notre pays, que cela nous plaise ou non. Nous ne tournons *jamais* le dos à notre devoir. Que veux-tu que je te dise d'autre ?

— Rien.

— Si tu m'expliquais ce qui se passe, ça m'aiderait. Parce que, « être fatigué », ce n'est pas vraiment une raison d'abdiquer !

— C'est tout ce que tu obtiendras de moi.

Valentin sentait la colère monter en lui. Mais sans savoir contre quoi ou qui. Theo avait raison en tout. Ils ne pouvaient pas échapper à leur destin.

— Pourquoi avoir mélangé des amateurs avec des pros, bon sang ? explosa-t-il tout à coup. Je ne supporte plus de voir le numéro quatre martyriser son cheval. Qui est ce type ?

— Un armateur européen milliardaire. Il reste vingt secondes de jeu, et si tu avais suivi le match au lieu de regarder Angelique tu saurais déjà que les deux équipes l'ont écarté du jeu depuis trois bonnes minutes. D'autre part c'est un cheval Cordova qu'il s'efforce de monter. Je m'attends à ce que ce privilège lui soit retiré dès l'instant où il mettra le pied à terre.

L'arbitre sonna la fin de la chukka. Les joueurs quittèrent le terrain. Le numéro quatre de l'équipe des bleus se dirigea vers Angelique, qui l'attendait, les poings sur les hanches.

Même à cette distance, Valentin voyait qu'elle avait les épaules raides et le visage blême.

— Puisque tu n'es pas en conflit avec Angelique Cordova, dit Theo d'une voix suave, fais-moi plaisir : va la rejoindre et soutiens-la. Ce nouveau riche n'a pas fait fortune grâce à sa tolérance et sa gentillesse.

— Pourquoi moi ? Et toi, qu'est-ce que tu comptes faire ?

— Moi ? Je vais remplacer cette brute pour la fin du match. Il faut bien que quelqu'un se dévoue, non ?

— Tu es un hôte pitoyable. Je me demande vraiment pourquoi je te fais plaisir, soupira Valentin alors qu'ils se dirigeaient déjà vers le terrain de jeu.

— Je vais me faire pardonner, répliqua Theo avec un sourire éblouissant.

— J'y compte bien.

— En modifiant le plan de table prévu pour le dîner et en te changeant de place. Ça te va ?

Valentin savait qu'il serait assis à l'extrémité d'une table, en face du ministre de l'Agriculture de Theo – un homme affable et excellent conteur –, et qu'il aurait à sa droite une ancienne diva dont la voix d'or n'avait jamais été surpassée que par son esprit aiguisé. Il avait déjà donné son accord pour qu'elle prenne la place de son ex-fiancée.

— Ma place me convient parfaitement !

— Fais-moi confiance…

— Sûrement pas ! l'interrompit Valentin.

— Je suis certain que tu vas adorer mon petit changement.

Adolescente, Angelique possédait une beauté brute et sauvage qui l'avait irrésistiblement attiré. À l'approche de la trentaine, un mélange de force et de détermination la rendait encore plus sensuelle et plus fascinante. Sa bouche était encore plus pulpeuse, ses formes plus épanouies, plus féminines. La passion et la fierté luisaient dans ses yeux noirs.

Quand elle se tourna brièvement vers Valentin, un vif éclat traversa son regard. Fugace mais bien réel.

Ils avaient découvert les plaisirs de la chair ensemble.

— Bonjour, Valentin. Je ne sais pas ce que tu veux, mais cela va devoir attendre, dit-elle avant de se retourner vers le cheval qui avait été malmené par le milliardaire.

Une écume rose entourait la bouche de l'animal, qui paraissait particulièrement nerveux.

Elle se tourna vers l'armateur.

— Mon cheval a les gencives qui saignent, marmonna Angelique. Et vous lui avez déchiré la peau à force de lui éperonner les flancs comme un malade. Qu'est-ce que vous vouliez, au juste ? L'éventrer ?

L'homme bomba le torse et lui décocha un sourire mauvais.

— Vous n'avez rien de plus réactif ?

— De plus réactif à quoi ? Aux mauvais traitements ? riposta Angelique en toisant le type avec mépris. Je me fiche de la somme que vous avez versée pour participer à ce match, et peu importe qui vous a servi de garant, mais je lui dirai deux mots, croyez-moi. Je ne vous fournirai plus de chevaux. Plus jamais !

— Gardez-le, votre cheval. Il n'est bon à rien, de toute façon. Qui est le responsable ?

— Responsable des chevaux attribués aux participants ? rétorqua-t-elle, la voix vibrant de colère. C'est moi ! Je dirige le haras Cordova avec mon père, et je vous le répète : je n'ai pas de chevaux à vous confier pour la prochaine chukka, ni la suivante, ni aucune autre. Vous ne monterez plus aucun de mes chevaux ! Je suis sans doute la seule à oser vous le dire en face, et je m'en contrefiche : vous êtes incapable de monter correctement un cheval. Point final.

L'espace d'un instant, Valentin crut que le type allait lever la main sur elle, mais Angelique ne recula pas d'un centimètre.

Au contraire, elle se rapprocha de lui et murmura :

— Allez-y ! Frappez-moi, et vous verrez ce qui se passera.

Cette fois, Valentin s'avança et s'interposa entre eux.

— Il y a un problème ? demanda-t-il d'une voix dure.

L'homme recula, livide.

— J'ai entendu parler d'elle et de sa famille, fit-il avec un sourire narquois. C'est son père, le maître du haras, pas cette femme. Elle, ce n'est qu'une garce. Quant à son père, il aura de mes nouvelles.

Valentin aurait pu lui dire de ne pas se fatiguer : lorsqu'on avait affaire à l'un ou l'une des Cordova, on avait affaire à toute la famille. Le milliardaire ne le savait pas encore, mais son nom était désormais inscrit sur la liste noire du haras qui fournissait en chevaux la moitié de l'élite européenne.

— Je n'en doute pas, répliqua-t-il. Mais je vais vous donner une information à retenir : il y avait sept autres joueurs sur le terrain, observés par une foule de spectateurs. Et, si les entorses à l'esprit d'équipe sont tolérées à l'occasion, les défauts d'un cavalier sont impardonnables. Je ne peux que vous répéter les paroles de madame : vous venez de monter un cheval Cordova pour la première et la dernière fois de votre vie. Et aucun autre cheval ne sera disponible pour vous aujourd'hui.

— Qui êtes-vous pour l'affirmer ?

— Ah, bien sûr. J'ai omis de me présenter. Je suis le roi Valentin de Thallasia, envoyé par notre hôte le roi Theodosius de Liesendaach, pour vous dire de sa part qu'il a ressenti le désir soudain de jouer la prochaine chukka avec les bleus à votre place. Les rois ont parfois de ces caprices, que voulez-vous.

— Vous devriez vous mettre au golf et renoncer au polo, renchérit Angelique avec mépris et dégoût. Sur le green, il n'y a pas de chevaux. Seulement des ego et des petites balles à frapper.

Quand, après avoir regardé l'homme se détourner et s'en aller sans ajouter un mot, Valentin se retourna vers le cheval, celui-ci n'avait plus ni bride ni selle. Celles-ci se trouvaient à même le sol. La pauvre bête tremblait tandis qu'Angelique lui caressait l'encolure en lui murmurant des paroles rassurantes en espagnol. Puis le cheval et elle se dirigèrent vers les écuries.

Pas besoin de longe. Le cheval la suivait avec confiance, guidé par la main posée sur son encolure.

— Que désire Sa Majesté ? finit-elle par demander à Valentin, qui marchait derrière elle.

— Tu m'appelais par mon prénom, autrefois.

— J'avais oublié ma place. Je te présente mes humbles excuses.

— Toi, humble ? riposta-t-il d'un ton ironique.

Angelique Cordova était beaucoup de choses, mais certainement pas « humble ».

— Tu viens de te faire un ennemi, poursuivit-il.

— J'ai dit ce que je devais dire, répliqua-t-elle avec un haussement d'épaules.

— Tu ne l'as pas ménagé. Ce type est un homme puissant.

— Comme tous les autres ou presque.

Elle conduisit le cheval dans la zone réservée à la toilette et s'empara du jet.

— Tu comptes rester à me regarder sans rien faire, ou tu veux te rendre utile ?

— Je me suis rendu utile. Si je n'étais pas intervenu, il t'aurait probablement frappée.

— Peut-être, fit-elle machinalement. Je ne manquerai pas de rapporter ton acte chevaleresque à mon père. Il a toujours tendance à te maudire.

— Bonne idée. Il me pardonnera peut-être.

— N'y compte pas.

Valentin retint un juron.

Il avait tout foiré, OK. Il avait dix-huit ans alors. Il avait écouté son cœur, l'avait joué et perdu, puis avait été puni en conséquence. Ne pouvait-on pas lui ficher la paix avec ça, maintenant ?

— Tu étais majeure, Angelique. Et plus que consentante.

— En effet. Et si nous avions eu la possibilité de laisser

notre désir réciproque s'éteindre de lui-même, comme cela serait inévitablement arrivé, j'aurais gardé un tendre souvenir de toi. Au lieu de cela, ton père est intervenu brutalement. Il m'a honnie, a porté des accusations infondées contre moi et m'a congédiée sur-le-champ sans que tu lèves le petit doigt pour défendre mon honneur. Après avoir pris ce que je t'offrais, tu m'as brisé le cœur, et la vie a continué. J'aurais pu te remercier d'avoir pris ma défense tout à l'heure, c'est vrai. Sauf que tu avais douze ans de retard.

Concentrée sur le cheval, elle le laissa s'abreuver au jet.

— Comment sais-tu que je n'ai pas pris ta défense ?

Silence.

— Angelique, à quoi t'attendais-tu, au juste ? À un mariage ?

— Non. Mais tu les as laissés dire des choses horribles sur moi. Tu n'as rien fait de concret, et c'est moi qui ai porté le poids de la honte. Ça, je ne te le pardonnerai jamais.

— Tu ignores ce qui s'est passé au palais, en privé.

Il avait désespérément cherché à assumer les responsabilités. Il avait affirmé à son père que tout était sa faute, il avait insisté et protesté, répétant qu'il était injuste qu'Angelique soit congédiée à cause de son erreur de jugement à lui. Mais en vain. La réputation d'Angelique et celle de sa famille avaient été traînées dans la boue. Quant à lui, il avait été fouetté jusqu'au sang et enrôlé dans l'armée pour quatre ans.

Pas parce qu'il avait couché avec la palefrenière. Parce qu'il l'avait *défendue* !

Sa peau avait éclaté sous les coups de fouet, ainsi que son cœur, lorsqu'il avait compris que sa sœur avait dit vrai : leur père était un tyran cruel et indifférent à la détresse d'autrui, un despote convaincu que tout lui était dû.

Une conviction que Valentin était hélas conscient de partager. Sans le savoir, Angelique l'avait sauvé, ce jour-là. Il avait perdu ses œillères et examiné de plus près les privilèges qu'il tenait pour acquis. Après une autocritique impitoyable, il s'était engagé dans une voie personnelle qui lui avait permis de s'éloigner de l'ombre sinistre de son père.

Mais il avait encore du chemin à faire, il le savait.

— Le jour où il a mis fin à notre histoire, mon père m'a donné le choix entre deux possibilités : ou bien je te laissais partir, ou bien il goûtait à ce que tu m'avais « accordé de ton plein gré ». Aurais-tu préféré que je te laisse à sa merci ? Parce que, au cas où tu ne l'aurais pas compris, mon père n'était pas quelqu'un de doux.

Toute l'amertume qui frémissait en lui depuis des années remontait à la surface. Les années durant lesquelles il avait été traité en paria par Angelique et sa famille. Le jugement porté sur lui par ses pairs à cause de cette aventure amoureuse. La désapprobation à peine voilée de Theo. La culpabilité que Valentin trimbalait avec lui vis-à-vis d'Angelique. Les remerciements qu'il lui devait, mais dont elle ne voulait pas. Le désir qu'il continuait d'éprouver pour elle, après s'être efforcé en vain d'oublier la sensation de son cœur battant à l'unisson avec le sien.

Tout cela l'accompagnait depuis si longtemps.

— Estime-toi heureuse d'avoir pu fuir la cour royale de Thallasia, Angelique. Remercie ta bonne étoile que j'aie choisi de te laisser partir. Tu as pu rester libre. Être toi-même. Ça aurait pu être bien pire : tu aurais pu rester.

Il exécuta une parodie de salut militaire et s'inclina devant elle pour prendre congé.

2.

— Je n'irai pas.

Angelique regarda sa jumelle, faisant de son mieux pour dominer la panique qui menaçait de la submerger.

Le dîner commençait dans une heure. Elle pouvait très bien rester dans le salon des appartements où résidaient le prince Benedict et leur frère Enrique. Cela faisait maintenant un an qu'ils vivaient ensemble et qu'ils étaient venus s'installer au palais de Liesendaach à l'invitation de Theo. Ils ne verraient aucun inconvénient à ce qu'elle passe la soirée chez eux. En outre, cinq cents convives ayant été invités, personne ne remarquerait son absence.

— Je ne *peux* pas y aller, tu comprends ?

Luciana la contempla en silence.

Elles se ressemblaient à s'y méprendre, mais la fossette de sa sœur était légèrement plus marquée quand elle souriait.

— Je n'ai qu'à prétexter une grande fatigue. Ce serait plausible, après les événements de la journée.

— Menteuse, répliqua Luciana en l'observant avec attention. C'est à cause de ton fougueux roi de Thallasia…

— Valentin n'est pas *mon* roi.

— Et de votre petite prise de bec de tout à l'heure.

— Qui t'a raconté ça ?

— Tout le monde est au courant. Il a rompu ses fiançailles hier soir, son ex est repartie chez elle ce matin, et avant même l'heure du déjeuner il vient rôder autour de toi et te reparle du bon vieux temps, de cette époque bénie où notre nom a été traîné dans la boue.

— Je suis désolée de te l'apprendre, mais notre nom est toujours entaché de boue.

Même le fait que leur frère se soit officiellement installé avec le prince Benedict n'avait pas suffi à blanchir leur nom.

— Nous sommes seulement de la boue bien comme il faut, maintenant, ajouta Angelique.

— Oui, c'est vrai, et en ce qui me concerne ce statut me convient parfaitement. Mais tu ne peux pas te laisser attendrir par Valentin. Il n'est plus rien pour toi, à présent. C'est un ancien amant, point final. S'il t'approche, envoie-le au diable.

— Je ne veux pas me retrouver à proximité de lui.

Les années avaient passé, mais il suffisait qu'il la regarde, qu'il se trouve à proximité d'elle, pour que son cœur se mette à battre comme s'il allait bondir de sa poitrine.

— Il ne m'est toujours pas indifférent, reconnut-elle. Et maintenant il est célibataire, et il me regarde comme si… Non, je ne peux pas supporter de le revoir. Lucia, s'il te plaît, tu veux bien y aller à ma place ? Tu te fais passer pour moi, et… Et tu l'insultes jusqu'à ce qu'il s'en aille. Tu seras plus douée que moi pour ce genre de choses.

— Uniquement parce que je ne lui ai jamais pardonné ce qu'il t'a fait autrefois. Tu as le cœur trop sensible et la mémoire trop courte. Alors, non, je refuse d'y aller à ta place. C'est à toi de l'affronter et de lui faire comprendre qu'il perd son temps.

— Il a pris ma défense, tout à l'heure. Je ne m'y attendais pas.

Et son geste l'avait plus touchée qu'elle ne l'avait montré.

— Tu sais très bien te défendre toute seule, Angelique.

— Oui, mais…

— Mais rien ! l'interrompit sa sœur. Cela signifie seulement qu'il n'est pas complètement pourri. Tu ne peux pas le laisser revenir dans ta vie. Il se servira de toi pour se remettre de sa rupture, et ensuite il épousera une princesse docile et dévouée. Tu le sais, Angelique. Et tu ne rentreras pas dans son petit jeu. Alors tu vas enfiler ta robe, passer ton collier de perles et les boucles d'oreilles assorties. Ensuite, tu iras au dîner et, s'il te fait des avances, tu y répondras par une indifférence polie.

Angelique croisa le regard de sa sœur dans la haute psyché.

— Ce n'est qu'un homme, reprit doucement Luciana. Un homme à qui tu as donné ton cœur autrefois, avant de le reprendre et d'avancer. Tu es ici à l'invitation d'un roi et d'une reine. Tu avais un travail à faire et tu l'as fait. Je n'ai entendu que des éloges sur toi et sur nos chevaux. Valentin a pris ta défense ? Et alors ? Non seulement il a réagi trop tard, mais tu n'as pas besoin de son appui. Montre-lui qui tu es devenue, dans toute ta puissance et ta gloire. Libre à lui de désirer ce qu'il a rejeté autrefois. Cela ne veut pas dire qu'il obtiendra ce qu'il convoite.

— Il m'a dit que j'avais finalement eu de la chance de fuir la cour royale de Thallasia.

Avec tant de conviction et d'amertume dans la voix…

— À mon avis, tu peux le croire.

Lorsque Theo lui avait promis de modifier le plan de table à son avantage, Valentin ne s'était pas inquiété de savoir ce qu'il entendait par là. Or, au lieu de la diva, ce fut Luciana Cordova, la sœur jumelle d'Angelique, qui s'assit à côté de lui et le gratifia d'un sourire poli quelques minutes après que lui-même se fut installé à sa place.

La sœur d'Angelique n'avait jamais dissimulé le mépris qu'elle ressentait pour lui par solidarité envers sa jumelle. Une attitude qu'il respectait.

— Ravi de vous voir, Luciana. Vous êtes superbe, comme toujours.

Elle laissa descendre son regard sur le torse de Valentin.

— N'est-ce pas ? murmura-t-elle. Vous aussi, avec toutes ces médailles et tous ces insignes.

— Voulez-vous du vin ? répliqua-t-il poliment.

À peine avait-il prononcé ces paroles qu'un serveur apparut. Mais Luciana le renvoya d'un geste de la main.

— J'attendrai la fin de la soirée pour aller boire un verre de l'excellent vin de mon frère. D'ici là, je me limiterai à l'eau minérale. Et puis, j'ai tellement de gens à observer ce soir que je préfère garder les idées claires. À propos d'idées claires, comment faites-vous pour toujours réussir à nous distinguer, ma sœur et moi ?

— C'est un don.

En réalité, il ignorait pourquoi il les différenciait aussi facilement l'une de l'autre, mais c'était un fait. Il ne se trompait jamais.

— Mieux vaut invoquer un don plutôt que de dire qu'elle a laissé une si profonde empreinte sur vous que vous n'avez jamais réussi à l'effacer, je suppose.

— En effet. Je ne vous imaginais pas si… romantique, fit-il en haussant un sourcil.

Elle le regarda en souriant.

— Vous avez raison. Je suis une enquiquineuse.

Assurément. Pendant longtemps, elle avait été considérée comme la plus raisonnable des jumelles, jusqu'à ce qu'elle devienne la maîtresse d'un aristocrate marié et refuse de l'épouser après son divorce. « Infidèle un jour, infidèle toujours », avait-elle déclaré, avant de passer à autre chose sans un regard en arrière. Elle s'affichait avec des vedettes de cinéma et des milliardaires, allait de soirée mondaine en soirée mondaine, où elle rencontrait des célébrités de tout bord.

— Pourquoi êtes-vous ici ? demanda Valentin.

— Pour rendre service à ma sœur. Le plan de table a été modifié à la toute dernière minute, comme vous le saviez, n'est-ce pas ?

Elle s'interrompit et le dévisagea avec attention.

— Oh ! Vous l'ignoriez. *Très* intéressant… Bref, où en étais-je ?

— Vous parliez d'Angelique.

— Oui, bien sûr. Ah, vous et vos obsessions… C'est presque inquiétant. Après s'être levée aux aurores, ma sœur a passé toute la journée à faire plaisir à de riches aristocrates et à des hommes d'affaires qui se croient tout permis avec elle et sont persuadés qu'elle va terminer la soirée dans leur lit. Quand elle a appris que le plan de table avait été modifié et qu'elle se trouverait placée à côté de vous, elle m'a dit, je la cite : « Je me suis coltiné tellement de types insupportables aujourd'hui que je n'en peux plus. Vas-y à ma place. »

Luciana sourit jusqu'aux oreilles.

— D'où ma présence à côté de vous.

Charmant.

— Et notre hôte est au courant de cet échange ?

— Theo ne sait pas tout, répondit-elle avec un haussement d'épaules. Ce constat le navre, je sais, mais c'est ainsi.

— Vous êtes très drôle.

— Arrêtez de flirter avec moi, Majesté. On ne vous a jamais dit que j'étais une castratrice ?

— Et les gens se demandent pourquoi les jumelles Cordova sont toujours célibataires, répliqua Valentin, pince-sans-rire.

— Pour ma part, je ne connais personne qui se pose cette question, riposta-t-elle sur le même ton. Vous n'êtes pas très bien informé, Majesté.

— De plus en plus drôle.

Façon de parler.

Le fait d'apprendre qu'Angelique ne supportait pas de le côtoyer faisait en effet naître en lui une fébrilité étrange. Leur brève rencontre sur le terrain de polo l'avait laissé sur sa faim.

Faim de quoi ?

D'absolution, de pardon, d'un affrontement spectaculaire. N'importe quoi. Angelique n'avait jamais été du genre à esquiver la confrontation. Alors pourquoi ne pas raviver la flamme ? Cela aussi pourrait s'avérer satisfaisant.

Qu'avait-elle dit, tout à l'heure ? Que s'ils avaient pu

aller jusqu'au bout de leur désir réciproque, l'attirance qu'ils ressentaient l'un pour l'autre se serait éteinte d'elle-même. Ou quelque chose d'approchant. Mais ce n'était pas le cas, et le feu couvait sous la cendre. Alors, le moment était peut-être venu d'explorer ce qu'ils avaient commencé à l'époque où ils n'étaient encore qu'adolescents. Vivre leur désir à fond. Dans un lit. Il n'avait plus besoin d'épouser un parangon de vertu digne de lui procurer des héritiers. Pourquoi ne pas reprendre les choses où ils les avaient laissées et voir où cela les menait ?

Il se leva et promena son regard sur les six longues tables disposées harmonieusement dans la salle de banquet superbement décorée.

Il reconnaissait là la signature de Moriana. La femme de Theo n'avait pas sa pareille pour organiser ce type d'événements. Il repéra bientôt Angelique à l'autre extrémité du vaste espace, assise à côté de son frère et de Benedict, et ayant pour voisin de droite un joueur professionnel de polo que Valentin préférait voir opérer sur le terrain, plutôt qu'en train de faire du charme à Angelique.

— Votre sœur n'est pas à sa place là-bas, dit-il en se tournant vers Luciana. Et la vôtre n'est pas ici. Votre conversation ne manque pas de piquant, certes, mais j'apprécierais que vous procédiez à l'échange inverse. Irez-vous prier Angelique de reprendre la place choisie pour elle par notre hôte, ou préférez-vous que j'aille la chercher ?

S'étant levée comme l'exigeait le protocole puisqu'il n'était plus assis, elle le foudroya du regard.

— Je serais ravie de vous quitter, Majesté, dit-elle, les mâchoires crispées, car votre compagnie m'ennuie à mourir, je l'avoue. Mais je vous prie de laisser ma sœur tranquille.

— C'est à moi d'en décider, répliqua Valentin avec calme.

Il s'inclina devant elle, en gentilhomme courtois qu'il était.

— Allez, Luciana, et envoyez-moi votre sœur, je vous prie, ajouta-t-il avec une pointe de hauteur.

Cette fois, celle-ci s'éloigna sans faire aucun commentaire.

3.

Du coin de l'œil, Angelique s'aperçut que Valentin s'apprêtait à partir, puis elle vit Luciana se diriger vers elle.

S'excusant à la hâte, elle se leva pour aller à sa rencontre. Comme toujours, elles essuyaient des regards curieux, voire réprobateurs. Les indomptables jumelles Cordova, de sang espagnol et au tempérament peu farouche, qui s'attiraient la foudre des femmes et la convoitise des hommes.

Elle avait l'habitude. Des années plus tôt, elle s'était approprié l'étiquette qu'on lui avait collée et en avait fait une arme. Mais, elle en avait tellement assez de la brandir…

— Que s'est-il passé ?

— Ton roi est de très mauvaise humeur. Et il n'apprécie pas de se voir refuser ce qu'il désire, manifestement.

— Que désire-t-il ?

— Toi. Et je pense que, en le fuyant, tu ne feras qu'attiser son instinct de chasseur. Il faut que tu le calmes pour de bon, c'est l'occasion idéale. Alors vas-y, dépêche-toi avant qu'il ne pète les plombs.

Elle se tourna vers un homme âgé qui les observait avec une avidité non dissimulée.

— Inutile de vous faire des idées, Excellence. Nous ne sommes pas des femmes pour vous.

— Ce n'est pas comme ça que tu vas arranger les choses, murmura Angelique. Allez, va t'installer à ma place avant que ce pauvre vieillard ne fasse une crise d'apoplexie.

Laissant Luciana rejoindre leur frère, elle se dirigea vers

Valentin, toujours debout à côté de sa chaise, et s'arrêta devant lui.

Il était si beau dans son uniforme, la poitrine bardée de médailles et ceinte de l'écharpe royale ! À son doigt brillait la lourde bague en or qu'elle n'avait jamais vue que de loin. La chevalière royale de Thallasia, portée autrefois par son père et maintenant par lui, le roi.

Son visage avait perdu toute trace du jeune homme qu'elle avait connu autrefois, caressé, embrassé… Plus d'étincelle rieuse dans ces yeux noirs au regard insondable.

— Désolée, dit-elle en souriant, je me suis retrouvée coincée là-bas jusqu'à ce que Luciana vienne me…

— Cesse de mentir, l'interrompit-il en tirant pour elle la chaise abandonnée par sa sœur.

Il s'assit à son tour, imité aussitôt par toute la tablée, et la regarda avec une intensité qui la fit frémir au plus profond de son être.

— Je ne pensais pas que tu viendrais, dit-il avec calme.

— Voyant que tu allais partir avant même que le repas n'ait commencé, je me suis dit que je pourrais être tenue pour responsable de ton départ. Les gens ont tendance à m'accuser de tout et de rien, figure-toi. Alors, plutôt que de voir anéantis mes efforts pour m'infiltrer dans la cour de Theo, j'ai décidé de coopérer. Me voici. Je vais tâcher de ne pas me tromper de couverts pour ne pas te faire honte… J'ai entendu dire que tu avais rompu tes fiançailles. C'est vrai ?

— Oui.

— J'en suis désolée.

Il la considéra en haussant un sourcil.

— Vraiment ?

— Vous étiez si bien assortis, tous les deux. Elle avec sa noblesse et sa réserve, toi avec ton indifférence brutale. Qui aurait pu imaginer que cette belle histoire d'amour ne durerait pas ?

Un éclair de défi illumina les yeux noirs.

— Assez parlé de moi. Tu vois quelqu'un ?

— Quelques-uns, comme d'habitude.

Peu importait ce petit mensonge. Elle voyait beaucoup d'hommes, mais ne sortait avec aucun d'entre eux.

— De qui s'agit-il ? À moins que tu ne les préfères mariés et ne puisses les nommer ?

— Non, tu me confonds avec Luciana. Pour ma part, je les préfère généreux, ouverts et drôles.

Elle s'interrompit un instant tandis qu'un serveur enlevait le verre d'eau à moitié vide posé devant elle puis le remplaçait par un plein. Dès qu'il se fut éloigné, un autre lui proposa du vin. Elle demanda du blanc et le remercia.

— Je préfère également ceux qui n'ont pas honte de s'afficher avec moi. Ce qui t'élimine d'office.

— Pas du tout, répliqua Valentin en s'appuyant au dossier de sa chaise. Nous sommes en public, que je sache, et de nombreux regards sont dirigés vers nous.

— Sans doute parce que tu as besoin d'un gros titre qui fasse oublier la rupture de tes fiançailles et ton immense tristesse ? Je suis certaine que notre passé sulfureux et ma réputation de mangeuse d'hommes feront l'affaire, mais je ne me sens pas assez généreuse pour t'aider. Je n'ai pas du tout envie de me retrouver la cible des critiques et des calomnies, ce sont des euphémismes, qui ne manqueront pas de pleuvoir sur moi une fois que tu m'auras rejetée. Comme naguère.

— Je pourrais te garder, cette fois.

— Tu n'en as pas les moyens.

— Tu n'en sais rien, rétorqua-t-il en plissant les yeux. Que veux-tu ?

— Ton cœur, déchiré et en sang.

— Ah.

Il sourit presque.

— C'est la vengeance que tu veux ? Pas de problème, cela ne me fait pas peur.

— Non, désolée. Cependant je suis flattée d'avoir été placée à côté de toi ce soir. Mais, dis-moi, c'est toi qui l'as demandé ?

— Non, c'est une initiative de Theo.

— Je vois.

Ainsi, comme elle, Valentin n'avait pas su d'avance qu'il l'aurait pour voisine de table.

— Étrange que le roi Theodosius ait jugé bon de te placer à côté de la seule personne que tu n'aies pas envie de côtoyer. Vous êtes en conflit ?

— Pas pour l'instant. Je pense plutôt que notre hôte a cru nous rendre service. Il souhaite que nous nous pardonnions.

— Et toi ? Qu'est-ce que tu souhaites ?

Il fit tourner le pied de son verre entre ses longs doigts, puis avala le contenu d'un trait.

Pas vraiment le comportement d'un roi qui, en général, faisait durer un seul verre de vin toute la soirée. Non qu'elle connaisse de tels détails sur lui. Non qu'elle l'ait observé de loin depuis des années.

Elle le regarda. Vraiment.

Des ombres soulignaient ses yeux, trahissant un manque de sommeil. Les petites rides au coin des lèvres témoignaient d'une vive tension. Quant au regard, il était… vide. Jamais elle ne l'avait vu ainsi.

— Je ne voudrais pas que tu t'imagines que je me soucie de ta santé, mais tu vas bien ? Tu as l'air un peu… éteint.

— Éteint ?

— Bizarre, disons. Comme si tu n'étais pas toi-même.

Il sourit, presque lugubrement.

— Tu me connais si bien que cela ?

Autrefois, oui. Elle avait lu jusque dans son âme, et il le savait.

Il détourna les yeux, avant d'entamer la conversation avec le ministre assis en face de lui.

Elle souleva son verre puis se tourna vers le jeune homme assis à sa gauche et se présenta.

Cela ne lui posait aucun problème de jouer les femmes du monde et de dissimuler la sensation de mal-être qui l'avait envahie. Elle pouvait très bien feindre d'ignorer celui dont la proximité la déstabilisait complètement.

Les plats se succédaient, tous plus raffinés les uns que les autres.

Elle ne fit pas de bruit en mangeant, ne lâcha pas sa fourchette et ne déclencha aucune dispute. Sa retenue dut en décevoir plus d'un. Elle bavarda avec son jeune voisin. Ils parlèrent de chevaux, principalement de ceux du haras Cordova, et de la longue liste d'attente sur laquelle il fallait s'inscrire pour en acquérir un. Tout cela en buvant peu et en s'efforçant de ne pas suivre du coin de l'œil le moindre geste de Valentin.

Le dîner lui parut bientôt interminable.

Elle ne désirait qu'une chose : retourner auprès de ses chevaux, même si elle n'avait aucune inquiétude à avoir car ils étaient entre les mains de palefreniers zélés. Le bal allait commencer. Elle savait qu'elle devrait danser avec Valentin, simuler l'indifférence, puis le laisser à la crise existentielle qu'il semblait traverser.

Se tournant franchement vers lui, elle s'aperçut qu'il l'observait.

— Ma tête ne te plaît pas ?

— Je te préfère sans maquillage.

— Je suis toujours maquillée.

Enfin, façon de parler, car elle portait quotidiennement de l'écran solaire et une protection pour les lèvres. Pas besoin de mascara, elle avait les cils suffisamment noirs et épais. Ni de fard à joues, le travail physique suffisait à lui colorer les pommettes.

— Dans ce cas, je te préfère quand tu l'es moins.

— C'est sans doute parce que tu ne m'avais pas encore vue dans un tel cadre.

— Angelique, je peux affirmer sans mentir que je t'ai vue

dans quasiment tous les cadres possibles et imaginables. Et tu éclipsais toujours tout le reste.

Oh…

— C'est gentil, murmura-t-elle.

— Quelle est ta position par rapport aux enfants ?

Elle le fixa, interloquée.

— C'est une tactique destinée à désarçonner l'adversaire, de sauter ainsi du coq à l'âne ?

— Fais-moi plaisir, réponds à ma question.

— J'essaye, mais…

— Je répète : quelle est ta position par rapport aux enfants ?

— Je te rappelle que je n'ai pas d'enfants.

Peut-être en aurait-elle un jour, mais pas avant d'avoir trouvé un partenaire vraiment unique avec qui elle aurait une relation spéciale. Comme celle qu'entretenaient ses parents. Or, jusqu'à présent, elle n'avait pas rencontré le candidat idéal.

— Et toi ? poursuivit-elle. Ta fiancée te manque déjà ? Tu aurais dû l'épouser plus tôt, tu serais entouré d'une ribambelle de petits héritiers et d'une famille heureuse. Mais, après tout, tu es encore jeune, tu as tout le temps de les faire, tes héritiers.

— Tu es détestable, Angelique.

— Je n'ai rien renversé sur toi, pas encore du moins, ni causé de scandale. Alors je suis assez fière de moi. En fait, je me contrôle parce que tu m'inquiètes.

— Danse avec moi.

Ce n'était pas une proposition mais un ordre.

— Tu le veux vraiment, ton gros titre dans les journaux de demain… Celui qui dira que tu dois être tordu pour frayer de nouveau avec la palefrenière perverse.

— Tu ignores tout de ce que je veux ou ne veux pas. Et peu importe. De toute façon, je ferai la une demain, alors autant leur donner de quoi alimenter leurs gros titres.

— Tu es amer.

— Et tordu, ne l'oublie pas. Ou bien tu danses avec moi

ou bien tu t'en vas, mais quoi que tu fasses ce sera exploité. Tu le sais aussi bien que moi.

Quel cynisme.

— Que t'est-il arrivé, Valentin ? demanda-t-elle, sincèrement inquiète.

— J'ai grandi, voilà tout. Et j'attends de savoir si tu vas danser avec moi, comme le requiert la tradition et à cause du changement de place voulu par Theo.

— Une danse, et ensuite je pourrai m'en aller ?

— Oui. Si c'est cela que tu désires.

— Que pourrais-je désirer d'autre ?

Sans dire un mot, il se leva et lui offrit le bras.

Lorsqu'elle posa la main sur la manche de la veste d'apparat et se laissa conduire vers la piste de danse, elle sentit les regards converger vers eux.

Demain, tous les journaux parleraient du roi de Thallasia, de la rupture de ses fiançailles, et de la garce avec laquelle il s'était fourvoyé adolescent. Mais dans l'immédiat elle n'en avait cure. Tout ce qui lui importait, c'était de ne pas se laisser emporter par les sensations grisantes qui se réveillaient en elle.

La main chaude de Valentin se referma sur sa taille. Elle posa la sienne sur son épaule robuste et sentit sa chaleur se propager en elle à travers l'étoffe. Ses hanches frôlèrent les siennes, son souffle lui caressa les cheveux tandis qu'il inclinait légèrement la tête et l'entraînait sur la piste.

Ils n'avaient jamais dansé ainsi autrefois. Pas de façon aussi formelle, dans une salle de bal. Et pourtant c'était comme s'ils l'avaient toujours fait. Des milliers de fois.

— Tu m'as manqué, murmura Valentin.

Elle loupa un pas, ce qui amena son cavalier à la serrer plus étroitement contre lui.

— Ma plus grande crainte a toujours été qu'aucune autre femme ne me comble autant que toi.

— Mais je suis certaine que ta crainte était infondée, répliqua-t-elle avec une fausse désinvolture.

— N'en sois pas si certaine.

Sa joue effleura la sienne, la faisant frissonner tout entière. Leurs cœurs battaient à l'unisson. Comme autrefois.

— Tu t'enfuirais avec moi, Angelique, si je tournais le dos à ma famille, à mon devoir et à mon pays ?

— Ne dis pas n'importe quoi.

Mais en le regardant dans les yeux elle sut qu'il ne plaisantait pas. C'était du désespoir que distillait son regard.

— Qu'est-ce que tu as, Valentin ? Que se passe-t-il ?

Ils s'étaient rapprochés l'un de l'autre en dansant. C'était plus fort qu'eux. Valentin brûlait d'écraser ses lèvres sur celles d'Angelique. Seules ses années de dur apprentissage et son respect pour la Couronne l'en empêchaient.

Il avait suffi d'un brin de sollicitude, de la tenir à nouveau dans ses bras, et il avait failli lui confier ses espoirs et ses peurs. Comme il l'avait fait autrefois au pavillon de chasse, dans la paille de la grange ou derrière une porte des écuries.

— Je veux te revoir, Angelique.

Il voulait sentir ses mains fines sur sa peau nue, caresser la sienne. Elle paraissait ne pas souhaiter d'enfants… Alors pourquoi ne pas vivre pleinement leur désir ?

— Pourquoi maintenant ? demanda-t-elle, la voix tremblante. Pourquoi t'intéresser à moi après toutes ces années ? Rien n'a changé. Tu es roi. Je suis toujours moi. Et si tu crois que je ne vois pas que tu me caches quelque chose tu te trompes.

Elle était trop perspicace.

— Je suis célibataire, et j'aimerais réapprendre à te connaître. Qu'y a-t-il de mystérieux à cela ?

À la fin du morceau, l'orchestre s'arrêta, et Angelique recula d'un pas, hors de ses bras, ce qui lui fit l'effet d'une gifle.

— Je n'y comprends rien. Alors ma réponse est non. Tu ne me connais pas et tu ne m'as jamais connue.

— Je sais ce que tu m'as confié et montré au temps où nous nous sentions libres. Je n'ai pas oublié.

— Tu ne souris plus.

Elle pourrait remédier à ce problème. Mais d'abord il fallait qu'elle partage son désir. Or, tout dans son comportement indiquait le contraire.

Se raccrochant à ses bonnes manières, il l'escorta jusqu'à la limite de la piste, s'inclina devant elle et s'en alla.

Que les colporteurs de rumeurs le blâment de n'avoir pas dansé avec d'autres femmes plus respectables. Qu'ils racontent à l'envi qu'il s'était de nouveau laissé envoûter par la palefrenière de mauvaise vie. Il s'en fichait complètement.

4.

— Tu as ouvert le journal, ce matin ? demanda Enrique quand Angelique s'approcha de lui.

Installé dans la cour des appartements qu'il partageait avec le prince Benedict de Liesendaach, son frère prenait le petit déjeuner en lisant la presse.

— Non, je suis allée directement aux écuries. Il y a quelque chose d'intéressant ?

— La une du quotidien national de Thallasia.

Elle se pencha pour regarder par-dessus son épaule tout en prenant un petit pain dans la corbeille.

Scandale en vue à Thallasia : Le roi Valentin menace d'abdiquer.

— Quoi ?

— On parle aussi de toi.

— Pas possible…

— Si. On t'a vue en grande conversation avec lui dans les écuries royales.

— Ah. Oui. Et alors ?

— Et de nouveau au cours du dîner.

— Nous avons eu un échange très cordial.

— « Intime », d'après l'article. Et ensuite il y a eu le bal.

— Nous avons dansé une seule fois.

— Oui, mais de façon « indécente ». Ensuite, il est parti, et tu as fait de même peu de temps après…

— Pour aller voir les chevaux, comme plusieurs personnes pourront le confirmer.

Elle tendit le bras vers la cafetière et se versa une grande tasse de café à l'arôme puissant.

— Et ils disent pourquoi il menace de renoncer au trône ?

— Oh ! c'est encore toi la responsable ! Son peuple ne t'acceptera jamais comme reine…

— En effet !

— Et tu lui aurais lancé un ultimatum : ou bien il fait de toi sa légitime, ou bien c'en est terminé de vos retrouvailles romantiques.

— Ils ne peuvent pas me laisser travailler tranquillement ?

— D'après eux, ton travail consiste à provoquer la chute du roi…

Enrique porta sa tasse à ses lèvres tout en continuant sa lecture.

— Il est aussi question d'un milliardaire.

— Celui qui est incapable de monter à cheval, c'est ça ?

— Celui-là même. Si Valentin est fasciné par une harpie comme toi, il y a de quoi être inquiet pour sa santé mentale, dixit le milliardaire.

— Je ne serai plus jamais invitée dans ce palais, soupira Angelique. Ils accepteront de recevoir nos chevaux, mais pas l'ogresse croqueuse de rois… Papa va me demander comment s'est passé le week-end, et je vais devoir lui dire que j'ai encore tout fait foirer. Alors que je n'y suis pour rien mais, ça, tout le monde s'en tape !

— La situation n'est pas si catastrophique.

— Parle pour toi, Enrique.

Son frère la regarda un instant en silence.

— Et si tu donnais une interview, histoire de remettre les pendules à l'heure ?

Elle haussa les épaules.

— Personne ne veut connaître *ma* version de l'histoire. Ce qui intéresse les gens, c'est le soufre, le scandale. Pas la vérité.

Soudain, le délicieux petit pain lui paraissait insipide.

Sans dire un mot, son frère poussa le pot de confiture dans

sa direction. Il la connaissait et savait que, dans les moments de stress, le sucre lui faisait du bien.

Elle coupa son petit pain en deux puis étala une épaisse couche de confiture de fraises sur chaque moitié avant de les rassembler.

— La courtoisie dont nous avons fait preuve hier soir était censée arranger les choses, pas ressusciter toutes ces vieilles histoires.

— Nous nous sommes peut-être trompés.

— Theo a commis une erreur monumentale, oui !

Elle mordit dans son sandwich à la confiture et se sentit un peu mieux.

— Je vais dire à Lucia de se préparer. Elle devrait peut-être porter un badge avec son prénom…

— Certainement pas ! protesta Enrique avec un sourire affectueux. Quant à moi, je t'aiderai à t'occuper des chevaux aujourd'hui. Nous sommes des Cordova. La solidarité est notre force.

Elle acquiesça d'un hochement de tête et se massa la tempe.

— J'ai dit à Valentin qu'il pourrait monter l'un de nos chevaux.

— Quoi ? Pourquoi ?

— Parce que je suis faible et lamentable, et que j'ai pensé que cela pourrait aider. Notamment à montrer que les anciennes querelles sont bel et bien enterrées. Que nous sommes des gens normaux, qui faisons notre boulot. Tu crois que je dois revenir sur ma proposition ?

Bien sûr que non. Elle ne ferait jamais une chose pareille. De même qu'elle savait que Valentin ne renoncerait pas à monter l'un de leurs chevaux à cause des ragots de la presse. Au contraire, il le ferait par fierté et bravade.

— Il est question d'autre chose dans cet article.

— Quoi encore ? soupira-t-elle en levant les yeux au ciel.

— Il ne s'agit pas de toi, mais de Valentin et de sa maladie.

Elle ne savait même pas qu'il avait été malade.

— Il est dit que cela l'a rendu stérile.

— Pardon ?

— Pas d'enfants pour le roi de Thallasia. Donc, pas d'héritier direct. Il n'a plus besoin de se marier ni même de rester au pouvoir. Il pourrait bel et bien abdiquer.

Au regard de ces nouvelles informations, le comportement de Valentin commençait à prendre du sens. Le défi. La frustration. L'intérêt qu'il lui avait témoigné. Il n'avait plus besoin d'épouser une aristocrate. Ni de se marier du tout.

— Le salaud !

Enrique la dévisagea en haussant les sourcils.

— Ce n'est pas vraiment la réaction à laquelle je m'attendais.

— Il vient tout à coup rôder autour de moi parce qu'il s'est mis dans la tête qu'il n'est plus que la moitié d'un homme, et qu'aucune femme respectable ne voudra de lui. Alors, pourquoi ne pas se tourner vers moi, puisqu'il n'a plus rien à perdre !

— Si tu veux mon avis, son raisonnement doit être un peu plus nuancé que cela.

Enrique était bien trop indulgent.

— Quand je pense que j'étais inquiète pour lui ! Je lui ai demandé ce qui n'allait pas. Plusieurs fois. Et tu crois qu'il m'a répondu ? Non. Il aurait pu au moins me parler franchement !

S'emparant de son couteau, elle l'agita en direction de son frère.

— Je vais lui régler son compte. Tu peux me faire confiance.

— Ne me menace pas avec ce couteau, s'il te plaît. Et, si l'article dit vrai, sa virilité en a déjà pris un coup. Alors, fiche-lui la paix.

— Je *t'interdis* de prendre son parti ! J'ai raison et, lui, c'est un imbécile ! Il est incapable d'accepter son état et se lamente sur son sort, le pauvre chéri…

— Tu as terminé ?

— Tu veux que je continue ? Pas de problème. Valentin de Thallasia est pourri gâté, égocentrique, mégalo, insupportable…

Et affreusement cruel envers elle.

— Tu n'as pas intérêt à me dire que c'est faux, je te préviens.

— Cela ne me viendrait même pas à l'esprit. Mais il faut prendre une décision, poursuivit-il. On le laisse monter l'un de nos chevaux, ou pas ?

Son frère la connaissait décidément trop bien. Et il savait mieux que personne comment la calmer.

S'il y avait une chose sur laquelle on pouvait compter en ce bas monde, c'était la solidarité familiale des Cordova, songea Valentin en entrant dans les écuries royales de Liesendaach.

Venus en renfort, Enrique et Luciana aidaient Angelique à s'occuper des chevaux. L'aîné servant manifestement de médiateur. Autrement dit, il faisait barrage tandis qu'Angelique et sa sœur restaient à l'arrière-plan et préparaient les chevaux pour les cavaliers.

Peu lui importait d'attendre comme les autres. Peu lui importait d'avoir essuyé le regard haineux d'Angelique quand elle l'avait aperçu de loin, avant de l'ignorer complètement. Il était venu parce que, la veille au soir, elle lui avait proposé de monter l'un de leurs chevaux de polo, et parce qu'il n'avait pas l'intention de laisser des imbéciles lui gâcher la vie.

— Angelique, cria Enrique. Le cheval du roi de Thallasia !

Tiens tiens, ils ne le feraient pas attendre comme le commun des mortels, finalement.

Enrique le regarda un instant en silence, comme pour le sonder, puis lui indiqua d'un signe de tête qu'il pouvait franchir la ligne, invisible mais bel et bien existante, qui empêchait les postulants de s'avancer sans sa permission.

— Tous nos chevaux sont élevés et entraînés pour l'endurance, la souplesse et la rapidité, mais celui que nous vous avons réservé est particulièrement brillant. C'est la monture idéale pour une personne de votre statut.

« À la moindre erreur, vous ne chevaucherez plus jamais aucune de nos montures », traduisit Valentin en son for intérieur.

— Intéressant, l'article paru dans votre quotidien national d'aujourd'hui, poursuivit Enrique.

— Vous l'avez lu ?

Évidemment. Tous ceux qu'il avait croisés ce matin avaient lu cette interview grossière et mensongère. L'interview de qui, au juste ? Pas de lui, en tout cas. Ni de Theo, qui l'avait lui-même informé de la parution de l'article en question. Non, cela sentait la fuite venant du palais de Thallasia. Ce n'était pas la première fois que l'un de ses proches collaborateurs préférait l'argent à l'honneur. Et ce ne serait pas la dernière. Quant aux propos de l'armateur milliardaire, ils étaient censés apporter un semblant de crédibilité à l'ensemble.

— Il y a quelque chose de vrai ? demanda le frère d'Angelique.

Il était direct, lui au moins.

— Oui, la phrase évoquant les qualités de cavalière et de soigneuse de votre sœur.

Pas question d'aborder la partie le concernant. Il ne pouvait s'y résoudre.

— Je vous présente mes excuses d'avoir de nouveau attiré l'attention de la presse sur votre famille.

— Nous en avons l'habitude.

— Mais vous n'êtes pas obligés de l'apprécier.

— Vous ne l'appréciez sans doute pas davantage, répliqua Enrique avec un haussement d'épaules.

Grand et mince, il avait la beauté caractéristique des Cordova, et une expression sereine qui faisait défaut à ses sœurs. Étant donné qu'il vivait en couple avec Benedict, cousin de Theo au tempérament de diva, il était facile de déduire que les éclats et caprices des autres le laissaient de marbre.

— Angelique est convaincue que, si elle vous confie sa jument, vous marquerez une bonne douzaine de points et montrerez ainsi à tous que vous valez mieux que ce que raconte cette prétendue interview. Mais ensuite attendez-vous à ce qu'elle vous passe un savon, parce qu'elle vous en veut à mort de lui avoir caché vos problèmes.

— Je n'ai pas de problèmes, déclara posément Valentin.

— Si vous le dites, Majesté, répondit Enrique en inclinant légèrement la tête.

À cet instant, Angelique s'avança à sa rencontre, accompagnée d'une superbe jument grise aux yeux doux et intelligents.

— Je te présente Armonia, dit-elle en guise de salut. Cela signifie « harmonie ». Elle a une bonne amplitude dans les virages et est meilleure en numéro deux. Comme toi. Je crois que vous vous entendrez bien.

— Ton frère dit que tu m'en veux. Mon intention n'était pas de t'entraîner dans…

Elle le regarda droit dans les yeux et lui adressa un sourire crispé et dur.

— Je me contrefiche de ce qu'ils racontent sur moi, l'interrompit-elle. Est-ce vrai que tu es devenu stérile à la suite d'une maladie ?

Il acquiesça d'un bref hochement de tête.

— Tu as congelé du sperme quelque part ? Nous faisons cela, avec les étalons. Nous conservons la semence dans des paillettes.

— Je ne suis pas un cheval. Et, non, je n'ai rien prévu de tel. J'aurais dû.

— Tu pourrais envisager d'adopter un enfant ?

— Non.

Pas question d'adoption pour un roi. Un enfant de sang non royal ne pourrait jamais accéder au rang de monarque.

— Je ne suis pas assez cruel pour élever un enfant dans un cadre royal dont il ne ferait jamais vraiment partie.

Par conséquent, il pouvait dire adieu à toute paternité.

Il gérait la chose. Pas très bien, mais il ne désespérait pas d'y parvenir.

— Si tu as pitié de moi, je ne te le pardonnerai jamais, ajouta-t-il.

— Pourquoi aurais-je pitié de toi ? Tu n'en demeures pas moins roi, riche et puissant. Tu conserves ton charme unique, et tu es toujours performant sur le plan sexuel ?

Il haussa légèrement les sourcils.

— Du moins, je le présume, enchaîna Angelique. Tu es toujours désiré par d'innombrables femmes prêtes à devenir ta reine et à renoncer à avoir des enfants. Et tu demeures aussi stupide. Mais laissons cela. Je peux moi aussi être stupide, puisque j'ai pensé un instant que tu t'intéressais de nouveau à moi pour ce que je suis, alors que tu te crois tombé si bas que tu t'es dit que tu pouvais bien convoler avec la palefrenière. Ensuite, je me suis rendu compte que, en fait, tu ne m'avais pas vraiment fait de proposition, hier soir. Que tu t'étais moqué de moi. Et ça m'a rendue encore plus furieuse. Tu comprends ?

— Je…

— Tu ne comprends pas ? Cela vaut sans doute mieux, ajouta-t-elle d'un ton railleur.

— À propos de la jument…

— Ah, oui. Il faut l'échauffer. Tu dois t'habituer à elle. Je suggère que tu cesses de geindre sur ton sort en franchissant les portes des écuries et que tu te concentres sur ta monture. Tu sais encore monter, n'est-ce pas ?

— Que je cesse de geindre sur mon sort ?

— Tu ne t'en rends pas compte ? Ne t'inquiète pas, tout le monde s'en rend compte pour toi. Dis à tes détracteurs d'aller se faire voir, et annonce-leur que tu restes sur le trône parce que tu es fait pour diriger ce pays. Dis à ton peuple que ta sœur jumelle a trois enfants, que la lignée royale est sauve, et que tout sera fait pour assurer ta relève. Ensuite, aime qui tu voudras.

Si seulement c'était aussi simple !

— Tu ferais une piètre conseillère royale.

Angelique redressa la tête.

— Je suis peut-être plus douée avec les chevaux, je te l'accorde.

Cette fois, elle réussit à le faire sourire.

— Merci.

— De quoi ? De t'avoir donné de mauvais conseils ?

Elle le congédia d'un geste de la main.

— Va, et fais en sorte que ma jument soit admirée !

L'Angelique de sa jeunesse avait été naïve, confiante et totalement ignorante de la vie à laquelle il était destiné. La femme qu'il avait devant lui était blasée, consciente des enjeux politiques et d'une franchise à toute épreuve. Elle était magnifique.

— Tu peux compter sur moi.

Elle le gratifia d'un petit hochement de tête.

— Armonia pourrait bien te rendre la pareille.

Valentin montait sa jument comme s'il la connaissait depuis toujours. Puissamment, avec confiance et une efficacité redoutable. Impitoyable avec ses adversaires, sans jamais mettre sa monture en danger, la laissant se reposer à chaque fois que l'opportunité s'en présentait et s'engageant fougueusement quand il s'agissait de marquer un but.

Même Luciana l'applaudissait.

— Toi, tu l'applaudis ? murmura Angelique, sidérée.

— Je ne peux pas m'en empêcher. Tu as vu ce but ? Il monte comme un roi, ton roi !

Angelique aimait la manière dont sa jument préférée réagissait à son cavalier. Personne n'aurait pu nier les qualités de Valentin. Il était à sa place sur le terrain de polo... Et si *viril*.

— Tu veux dire qu'il monte comme s'il avait quelque chose à prouver ? répliqua-t-elle. Il croit que j'ai pitié de lui.

— Reconnais que, être stérile, c'est dur à encaisser pour un roi. Enfin, si c'est vrai.

— Oui, c'est vrai. Je viens de lui poser la question.

— Le pauvre, fit Luciana en hochant la tête.

— Il est tout sauf pauvre ! Et il est toujours aussi compétent et capable de gouverner. Regarde-le !

— Je ne fais que cela. Assiette remarquable, jambes puissantes, *très* beau but… Ta méthode « douceur et fermeté » semble bien fonctionner avec lui. On l'applaudit encore ?

— Il m'exaspère. Je ne sais pas quoi faire avec lui.

Sa sœur tourna la tête vers elle.

— Hier soir, tu voulais n'avoir *rien* à faire avec lui.

Oui, mais tout avait changé, depuis.

— Tu le désires encore, continua Luciana. Et, maintenant qu'il n'est plus obligé d'épouser une aristocrate et de donner des héritiers au trône, tu penses que tu peux le récupérer ? C'est ça que tu espères ?

— Je…

C'était fou, malsain, dangereux. Mais…

— Oui.

— Et les enfants ? demanda sa sœur tout à trac.

Luciana ne mâchait jamais ses mots. Elle la provoquait pour l'obliger à réfléchir, quitte parfois à la blesser. Comme maintenant. Parce que, à la perspective de ne pas pouvoir fonder une famille, Angelique ressentait une véritable souffrance. Désirait-elle vraiment renoncer à la joie de tenir ses enfants dans ses bras, de les aimer inconditionnellement et de les voir grandir ?

Et pour qui ? Pour quoi ? Pour un homme qui ne l'aimerait peut-être jamais au grand jour, ni même dans l'intimité de leur relation ?

Et elle ? Que se passerait-il si elle en venait à aimer Valentin, à l'aimer vraiment, et qu'il lui rende cet amour sans jamais pouvoir lui faire d'enfants ?

— Les enfants…, répéta-t-elle lentement, en tournant les yeux vers le somptueux cavalier qui faisait corps avec sa superbe monture.

5.

Le roi de Thallasia participa à quatre chukkas consécutives, monta deux autres des chevaux d'Angelique, puis de nouveau Armonia pour la dernière période. Il marqua six buts, assurant ainsi la victoire de son équipe.

Son jeu avait été excellent, tout le monde s'accordait sur ce point.

Il eut droit aux moqueries amicales de Theo et aux félicitations de ses coéquipiers, qu'il accueillit avec un haussement d'épaules et l'ombre d'un sourire. L'arrogance personnifiée, aurait dit Angelique autrefois. Mais quand elle croisa son regard elle y perçut une lueur inquiète.

Es-tu satisfaite ? Ai-je été à la hauteur de tes chevaux ?

Le regard soudé au sien, elle répondit à la question muette d'un hochement de tête, et elle vit aussitôt toute inquiétude disparaître de ses beaux yeux sombres. Et quand, un peu plus tard, elle reconduisit sa jument aux écuries Valentin se dirigea vers elle au lieu de s'éloigner avec les autres.

— Tu te rends compte que tout le monde nous observe ? murmura-t-elle sans le regarder.

— Oui.

— Et tu t'en fiches ?

— Je t'offre quatre millions d'euros pour la jument.

Elle trébucha.

Armonia pouvait atteindre les huit cent mille euros tout au plus, à condition que l'acheteur soit un excentrique et qu'il ait de l'argent à ne savoir qu'en faire. Mais quatre millions c'était du délire.

— Qu'est-ce que tu as dit ?

— Quatre millions. À une condition.

— Je suis impatiente de la connaître. Mais dès que tu auras repris tes esprits tu ne…

— Quatre millions pour la jument, l'interrompit Valentin en s'avançant à ses côtés. À condition que tu m'accordes un mois de ton temps. Pendant ce mois, tu vivras dans mon palais, tu redynamiseras le programme d'élevage des écuries royales, et tu prendras le petit déjeuner avec moi chaque matin.

— Je ne suis pas très « petit déjeuner ».

Elle foudroya du regard un groupe de curieux qui les épiaient ouvertement.

— D'autre part, nous ne vendons plus de chevaux à Thallasia.

— Je l'avais remarqué, répliqua-t-il avec humour. Et j'aimerais que vous leviez l'embargo.

— Pour cela, il faudra t'adresser directement à mon père.

— Je le ferai sans problème, si tu m'y autorises. Je précise par ailleurs que tu devras nous faire profiter de ton savoir-faire d'éleveuse.

— Alessandro ne travaille plus pour vous ?

Elle savait très bien que le vieux maître des écuries travaillait toujours pour Valentin, car il était resté en contact avec son père, notamment concernant l'évolution des poulains qu'elle avait laissés là-bas en quittant les lieux.

— Si, il est toujours fidèle au poste. Mais je suis certain qu'il apprécierait ta contribution.

Ça, elle en doutait. D'après son expérience, les hommes qui se considéraient comme des experts dans leur domaine appréciaient rarement la contribution de qui que ce soit. Et puis, elle n'avait pas oublié qu'elle n'avait pas suivi les conseils d'Alessandro lorsqu'il lui avait recommandé de garder ses distances avec Valentin. Encore aujourd'hui, elle se sentait coupable d'avoir gâché la carrière du maître des écuries.

— Si Alessandro a besoin de conseils, il lui suffit d'appeler mon père.

Ce dernier ne voulait plus vendre de chevaux à Thallasia, mais il n'en restait pas moins impliqué dans le suivi de ceux dont il s'était séparé.

— Tu n'as pas besoin que je m'installe au palais pour cela.

— Alors, considère cette offre comme une façon d'exprimer mon désir de te revoir. Et, comme je ne peux pas aller à toi, je suis prêt à payer ce qu'il faudra pour que tu viennes à moi.

— Tu veux avoir une maîtresse à ta disposition. Pendant un mois.

— Non.

— Je ne comprends pas.

— Est-ce si difficile à croire que je veuille réapprendre à te connaître, au rythme qui nous conviendra à tous les deux, et sans obligations autres que le désir de voir où cela nous mènera ?

Sa proposition était insensée… et terriblement tentante.

Impossible de nier que la simple présence de Valentin à ses côtés lui embrasait les sens, comme la veille au soir. Il lui avait toujours fait cet effet, et ce serait sans doute toujours le cas.

— Tu connais mes limites, reprit-il, les mâchoires crispées. Pas d'enfants, donc plus besoin de me marier. Si tu n'es pas intéressée par ma proposition, dis-le franchement, et n'en parlons plus.

Ils continuèrent d'avancer.

Elle s'efforçait de retrouver sa voix, de se raccrocher à sa fierté, à quelque chose qui la fasse émerger de sa stupeur, mais le silence s'éternisait, lourd de sous-entendus, de tentations…

— En ce qui concerne ton offre pour Armonia, dit-elle enfin, mon père pourrait l'accepter si tu t'y prends bien. Quant à ta proposition me concernant, je ne sais pas trop.

Elle lui adressa un petit sourire en biais.

— Tu me plais toujours, je ne peux pas le nier. Mais je ne veux pas d'un job temporaire qui m'éloigne de mon vrai travail, et je ne mettrai pas ma vie en attente pour toi. En revanche, je peux essayer de trouver une solution qui nous permette de nous rencontrer plus souvent.

— Si tu t'attends à me voir voyager, Angelique, je te signale que rien que côté organisation et sécurité...

— Tais-toi, et écoute-moi. Je sais qui tu es, Valentin, et je n'espère pas de miracle. Ma famille envisage d'acheter ou de louer des terrains avec équipements *ad hoc* pour entraîner des chevaux à Liesendaach. Nous n'avons pas cherché du côté de Thallasia, mais nous pourrions peut-être modifier nos plans. Si nous trouvions ce qu'il nous faut là-bas, toi et moi pourrions reprendre notre relation et aller jusqu'au bout de notre désir. Ensuite, je retournerais à ma carrière et à ma vie, dont tu ne fais pas partie. Si nous nous mettons d'accord, tu ne monopoliseras pas mon temps, et moi je te laisserai remplir tes devoirs royaux. Et lorsque cette... attirance mutuelle s'éteindra d'elle-même nous en aurons terminé l'un avec l'autre.

— Sans que cela pose problème ?

— Il y en aura, évidemment.

Elle imaginait déjà la séparation, le scandale. Elle redeviendrait la garce, la gourgandine maso revenue se faire battre par celui qui l'avait humiliée et rejetée autrefois.

— Moi aussi, j'ai une condition, poursuivit-elle. Parce que je pense au moment où nous nous serons lassés l'un de l'autre.

— Tu parais certaine que ce jour viendra.

— Pas toi ?

Il ne répondit pas.

— Lorsque nous nous séparerons, je veux pouvoir compter sur ton respect et ton soutien. Peu m'importe qu'un individu lambda me condamne publiquement. Mais toi, toi qui me connais et qui vas connaître de plus près mes amis et ma famille, je veux que tu me donnes ta parole que tu ne me discréditeras pas auprès d'eux. Et que tu feras ce que tu n'as pas fait autrefois : défendre mon honneur et mon droit de sortir de notre relation dignement, sans être traitée de sale intrigante ou pire.

Valentin s'arrêta et se tourna vers elle, l'air choqué. Puis il la dévisagea un long moment en silence.

— Je suis désolé, dit-il d'une voix rauque. Je te dois des excuses, pas seulement pour ce que tu as subi autrefois à cause de moi, mais pour t'avoir entraînée dans une histoire qui ne pouvait que mal se terminer. J'aurais dû prévoir la réaction de mon père, mais je me suis laissé aveugler par mon désir.

Il s'interrompit un instant, les yeux brillants.

— Je ne suis plus le même, Angelique, et je ne laisserai jamais personne dire du mal de toi. Je t'en donne ma parole.

Que dire après un tel aveu ? Il lui présentait ses excuses avec des années de retard, mais elles avaient le mérite de paraître sincères.

— De quelle superficie avez-vous besoin ? demanda-t-il.

Elle retint un soupir de soulagement.

Il revenait aux détails pratiques. Ça, elle pouvait gérer.

— Il nous faut six mille hectares au minimum, et des écuries pour au moins trente chevaux, ainsi qu'une maison où je puisse m'installer.

— Quel type de maison ?

— Quelque chose de simple.

— Et côté prix ?

— Cela dépend de l'endroit. Comme je te l'ai dit, nous envisageons d'acheter ou de louer. Je ne pense pas que tu aies envie de me savoir installée à demeure à proximité de ton palais.

— Tu m'as clairement fait comprendre que tu ne souhaitais pas rester indéfiniment à proximité de moi, répliqua-t-il en soutenant son regard. Je vais voir ce que nous avons comme propriétés susceptibles de vous convenir.

— D'accord.

Elle scruta son regard tandis que le silence retombait entre eux, dense et fourmillant de possibilités.

— Alors, nous allons vraiment le faire ? Toi et moi ?

— On dirait.

— Nous sommes aussi fous l'un que l'autre. Tu en es conscient ?

Valentin éclata de rire. De ce rire sonore et sexy qui lui avait tellement manqué.

— Oui, dit-il en souriant avec chaleur. J'en suis tout à fait conscient, Angelique.

Mon Dieu, elle l'aimait tant, ce sourire ! Il lui avait tellement manqué aussi.

6.

Les semaines suivantes furent pour Valentin les plus éprouvantes de sa vie. Pourtant, ses quatre années de service militaire obligé n'avaient pas été une partie de plaisir, ni les mois sombres qui avaient précédé et suivi la mort de son père.

Vala et ses conseillers, dont ses amis d'enfance, rois des trois nations voisines, l'avaient convaincu de rester sur le trône et d'évoquer publiquement la question de sa succession. Son équipe de relations publiques avait bossé triple pour tâcher de s'assurer la couverture positive de la presse, alors que tout Thallasia s'agitait et s'interrogeait sur la légitimité de sa sœur jumelle – sa benjamine de quelques minutes – à devenir l'héritière de la Couronne, et celle de sa fille Juliana à lui succéder sur le trône.

Quant à la rupture de ses fiançailles, les spéculations allaient bon train. Se marierait-il jamais, maintenant qu'il savait qu'il n'aurait pas d'héritiers directs ? Les gros titres se succédaient, tous plus abracadabrants les uns que les autres. Il eut droit à tout, se voyant tour à tour traité de suicidaire, de séducteur désormais libre et désinvolte…

Peu importait aux journalistes qu'il ne soit rien de tout cela. Par ailleurs, on ne lui attribuait pas moins de neuf maîtresses, toutes fréquentées au cours de la seule semaine précédente, les journalistes paraissant ignorer qu'il n'avait pas vu trois d'entre elles depuis plus d'une décennie.

Son équipe média avait estimé prudent de lui préparer une lettre d'excuses standard à utiliser en cas de nécessité, l'existence de quatre supposés héritiers illégitimes ayant été révélée par un tabloïd. Après enquête, ses agents avaient rapidement démontré qu'il s'agissait de fausses allégations, mais tous ces mensonges avaient néanmoins ébranlé la confiance du pays en son leader.

Ce matin même, un article retraçait l'historique de sa relation avec Angelique et citait une série d'événements, tous négatifs voire sordides, naturellement, auxquels elle avait prétendument été mêlée depuis leur brève idylle d'autrefois. Suivait une liste des hommes – dont Theo – avec qui elle avait été liée. Sans oublier sa longue relation intermittente avec Benedict – relation qui, comme Valentin le savait maintenant, avait eu pour but de couvrir la liaison du prince avec Enrique.

Suivaient encore divers événements, accompagnés de photos, le tout visant à discréditer Angelique Cordova et sa famille. Comme si les journalistes ne pouvaient pas lui pardonner sa beauté, son talent et sa force…

Il savait pertinemment que, dès qu'il s'afficherait ouvertement avec elle, ces gens fondraient sur elle comme des rapaces. Cela aurait dû lui suffire pour la laisser tranquille, mais il ne pouvait s'y résoudre. De la même façon que, des années plus tôt, il n'avait pu s'empêcher de se rapprocher d'elle en dépit des avertissements de Vala.

Cette fois néanmoins, la situation était différente. Il était en mesure de la protéger de ceux qui chercheraient à la détruire pour la simple raison qu'ils en avaient le pouvoir.

Aussi devait-il montrer l'exemple. Angelique serait accueillie à Thallasia avec tous les honneurs et tout le respect qu'elle méritait.

Il lui fallut deux jours pour trouver une propriété convenant aux besoins d'Angelique. Et deux semaines supplémentaires pour organiser une rencontre en Espagne avec le maître du haras Cordova.

Non seulement un tel déplacement nécessitait toutes sortes d'arrangements, notamment sur le plan de la sécurité, mais il dut expliquer ses agissements à sa sœur, déjà irritée par sa subite célébrité et l'exposition à l'avidité des médias à laquelle elle ne pouvait échapper. Du statut d'« héritière de rechange », Vala était en effet passée à celui d'héritière épiée de toutes parts. Un nouveau rôle qu'elle était capable d'assumer, certes. Mais cela ne signifiait pas pour autant que la perspective de prendre la relève l'enchantait.

— Si je dois présider à ta place le banquet royal le plus important de l'année, je suis en droit de savoir où tu seras ce jour-là, déclara sa sœur d'une voix doucereuse et annonciatrice d'orage.

— En Espagne, pour rencontrer le propriétaire du haras Cordova et lui proposer l'un de nos domaines.

— C'est bien ce que j'avais cru t'entendre dire, avant de penser que je devais avoir mal compris. S'agit-il d'un cheval ?

— Non. Il s'agit de présenter mes excuses au père de la femme à qui j'ai fait du tort autrefois.

— Valentin. Mon cher Valentin…

Sa sœur s'appuya au dossier de son fauteuil et posa les mains devant elle sur le bureau de la bibliothèque.

Elle portait une robe bleu clair, simple, mais à la coupe impeccable, des diamants aux oreilles et autour du poignet, et elle avait les cheveux rassemblés en chignon façon Grace Kelly. Mais il connaissait bien Vala. Sa beauté raffinée se doublait d'une perspicacité redoutable.

— Puis-je te rappeler que tu as fait du tort à plus d'une femme dans ta vie, et que cela t'arrivera sans doute encore, et plus d'une fois ? Si tu te mets à offrir un domaine à chacune d'entre elles, nous allons nous retrouver à court de terres.

OK. Il avait sans doute quelques autres torts à réparer, mais il était humain, après tout. Et il s'en occuperait.

— Je ne cède pas le domaine. Je propose à la famille Cordova de le louer pour une somme raisonnable en échange de sa collaboration au programme d'élevage de nos écuries royales. Je n'aime pas être à la traîne.

— Une histoire de chevaux, donc.

— Ceux des Cordova sont réputés.

— Mais il ne s'agit pas vraiment de cela, n'est-ce pas ? Il s'agit d'Angelique.

— Elle fait partie du projet, oui.

— Pitié, Valentin, ne recommence pas avec elle !

— Et pourquoi, je te prie ? répliqua-t-il, sur la défensive. Ce n'est pas comme si elle pouvait devenir la future mère de mes enfants.

— Tu te rends compte de ce que tes propos ont d'offensant ?

Il se retint de serrer les poings.

— Je voulais dire par là qu'elle ne sera soumise ni à la pression ni à la curiosité malsaine auxquelles toute éventuelle future épouse se retrouverait exposée. Si j'entretiens une liaison non officielle avec Angelique, nul besoin de mettre une étiquette sur notre relation. Et le harcèlement médiatique lui sera épargné.

— Cela reste à vérifier.

— Je peux aussi user de la plus grande discrétion, afin que personne ne s'intéresse à nous.

— Comme la dernière fois que tu as « usé de discrétion » ? rétorqua sa sœur en se levant.

Impossible de dire qu'elle manquait d'autorité. Mère de trois jeunes enfants, dont des jumeaux de quatre ans, Vala dirigeait son petit monde, enfants et mari compris, d'une main de fer. Dans un gant de velours, certes, mais avec une efficacité incontestable. Lui, son frère, était bien placé pour le savoir.

— Franchement, Valentin, tu ne retiendras jamais la leçon ? Si tu veux être avec Angelique, aie au moins le cran d'afficher votre relation publiquement et fièrement !

— D'accord. Je désire Angelique, je la veux dans mon lit et dans ma vie, et je commencerai par présenter mes excuses à sa famille pour ma conduite passée. J'essaye de réparer mes erreurs, Vala. Je n'ai pas besoin de ta permission.

— Seulement de m'avoir de ton côté…, fit sa sœur, pince-sans-rire.

— Oui, c'est vrai. Et à mes côtés, prête à t'impliquer et à régner s'il le faut.

Vala tressaillit.

— Ne me fais pas cela, Valentin ! La Couronne n'est pas faite pour moi, et d'après les sondages le peuple veut que tu restes sur le trône.

En effet, et ce constat l'avait agréablement surpris.

— Je sais que tu as envisagé d'autres options, poursuivit Vala.

— J'ai fait un pacte avec moi-même, reconnut-il, un peu bourru. Je reste pour servir mon pays. En échange, j'essaye de me construire une vie personnelle qui me plaise.

— Ton cœur est-il vraiment demeuré fidèle à la jeune fille d'autrefois ?

Il haussa les épaules, troublé par cette question.

— Qu'est-ce que cela peut faire ? Cette jeune fille n'existe plus. Mais la femme qu'elle est devenue m'intéresse, et je veux apprendre à la connaître. Je ne lui ferai pas de mal ni ne la mettrai en danger. Je suis désormais en mesure de la protéger, et j'en ai bien l'intention.

— Entendu. Je tiens à ce que tu sois heureux, c'est important pour moi, ne l'oublie jamais, Valentin, répliqua sa sœur avec une bienveillance sincère. Faisons tout pour que tu obtiennes ce que tu désires.

Située dans le nord de l'Espagne, la propriété des Cordova s'étendait à perte de vue, sur fond de montagnes, en prairies verdoyantes entourées par des kilomètres de palissades peintes en blanc. Des chemins quadrillaient vallées et flancs de collines, jalonnés çà et là de refuges.

Réparties en plusieurs endroits, les écuries aux murs de

pierre et toit de tuile s'inscrivaient dans le paysage comme si elles en avaient toujours fait partie.

Quant à la demeure familiale, d'un seul étage, elle s'appuyait contre un escarpement, imposante et vaste. Des jardins clos de murs bas flanquaient la maison, séparés en deux par une large allée conduisant à l'entrée principale.

Valentin fut d'emblée sensible à l'aura d'aisance tranquille, d'achèvement et d'intendance bien gérée qui émanait des lieux.

Eduardo Cordova l'accueillit à sa descente de voiture. Les agents de sécurité l'avaient précédé de quelques minutes et s'étaient disséminés, quasi invisibles.

Le patriarche le dévisagea d'un air songeur, manifestement indifférent aux impressionnants dispositifs qui l'accompagnaient dans tous ses déplacements. Ayant pour clients des membres de familles royales et des milliardaires, il y était sans doute habitué.

— Bonjour, *señor* Cordova, dit Valentin en lui tendant la main. Je vous remercie d'avoir accepté de me recevoir.

Son hôte lui serra la main en hochant la tête, puis désigna une arcade située sur la gauche de la large porte d'entrée à double battant.

— Allons dans mon bureau. Ce n'est pas la première fois que nous recevons des visiteurs accompagnés de gardes du corps. Vos agents m'ont assuré que les lieux satisfaisaient aux conditions de sécurité. Ils ont pris position de manière à pouvoir vous protéger et à ne pas vous perdre de vue.

L'arcade donnait sur une cour au milieu de laquelle se dressait un citronnier aux branches chargées de fruits, au bord d'un bassin où flottaient des plantes aquatiques. De l'autre côté, des fauteuils entouraient deux tables basses, devant la longue baie vitrée permettant d'accéder à une bibliothèque visiblement bien fournie. Deux des agents de sécurité se trouvaient déjà sur place, l'un au fond de la cour, l'autre devant une porte fermée donnant elle aussi accès à l'intérieur de la maison.

— Venez.

Le *señor* Cordova s'avança vers les fauteuils au cuir patiné. Sur l'une des tables basses trônait un service à café en porcelaine blanche.

— Asseyez-vous, je vous en prie. Dites-moi, les monarques emploient-ils toujours des goûteurs ?

Valentin s'installa dans un fauteuil.

— Pas à ma connaissance.

— Du café ? demanda son hôte en souriant.

— Avec plaisir, merci.

— Je dois admettre que je suis curieux de connaître le motif de votre visite, reprit le père d'Angelique en faisant le service.

Il s'assit en face de Valentin avant de poursuivre :

— Comme je vous l'ai déjà dit, Armonia n'est pas à vendre.

— Et pourtant vous avez déjà vendu des chevaux entraînés par votre fille ?

— Pas de ce calibre. Si c'est uniquement pour cela que vous êtes venu, vous avez perdu votre temps.

— Ce n'est pas la seule raison de ma visite.

Le *señor* Cordova le dévisagea un instant en silence.

— Je ne lis pas dans les pensées, Majesté.

Autant être direct.

— Je désire vous présenter mes excuses pour les torts que j'ai causés autrefois à votre fille, et par répercussion à votre famille. J'étais jeune, stupide et arrogant, et je regrette d'avoir contribué à la disgrâce dans laquelle est tombée votre famille.

— Ah, nous y voilà, murmura son hôte. Sachez que ma famille n'est pas tombée en disgrâce, Majesté. Nous avons simplement cessé tout rapport avec vous.

— C'est nous qui avons subi la plus grande perte, acquiesça Valentin. Désireux de réparer mes torts envers Angelique, je souhaite vous offrir, à elle et à votre famille, la possibilité de louer un domaine qui se trouve près de la frontière entre Thallasia et Liesendaach. La propriété consiste en un manoir, des bâtiments annexes en parfait état, des pâturages, des forêts et plusieurs habitations de taille moins importante. La loge du gardien, un pavillon de chasse et le cottage du jardinier. Le régisseur réside au manoir, ainsi que la gouvernante. Une partie des terres est réservée à la culture, le reste aux pâturages. La propriété appartient à la Couronne, et c'est l'endroit idéal pour des chevaux.

— Et d'où tenez-vous que nous pouvons nous permettre d'envisager la location d'une telle propriété ?

— Il vous en coûterait cent mille euros par an, plus vos services de conseil pour nous aider à redynamiser le programme d'élevage des écuries royales de Thallasia.

La somme couvrirait à peine les salaires du personnel en place, mais peu importait.

— Et qu'y gagnerez-vous, Majesté ?

— La chance de pouvoir connaître Angelique, à ses conditions.

— Vous n'êtes pas vraiment un commercial…

— Non, je suis un roi.

— Vous êtes conscient que mon consentement ne suffira pas à garantir vos chances de réussite ? Il vous faut également celui de ma fille.

— Je l'ai déjà.

— Ah ?

— Plus ou moins, reconnut Valentin.

Son hôte prit enfin sa tasse et la porta à ses lèvres.

— Alors, à supposer que vous réussissiez à persuader ma fille d'accepter votre proposition, que se passera-t-il ensuite ? Avez-vous l'intention de l'épouser ?

— Non.

— Et vous ne pouvez pas non plus envisager d'avoir des enfants, si j'ai bien compris.

— En effet.

— En résumé, vous n'avez pas grand-chose à lui offrir ?

Valentin se pencha et prit son temps pour mettre deux morceaux de sucre dans son café et le remuer, avant de soulever sa tasse et d'en boire une gorgée.

Angelique méritait mieux que ce qu'il avait à lui offrir, il le savait, et pourtant il n'était pas prêt à baisser les bras.

— Je n'ai pas perdu toute mon arrogance, dit-il avec une pointe d'humour. Et j'ai par ailleurs la certitude que, si votre fille avait désiré se marier avec un homme qui l'aime et fonder une famille avec lui, elle l'aurait déjà fait.

— Elle est jeune. Elle a encore le temps de le faire.

Mais pas avec vous. Ces mots flottèrent entre eux dans le silence.

— Effectivement. Mais pas avec moi. Elle le sait.

Le café était excellent. Le meilleur qu'il ait jamais goûté.

— Mes enfants ont tendance à s'aventurer hors des sentiers battus, dit enfin Eduardo Cordova. Mon fils aime un homme. Cela a failli me briser le cœur, mais je suis encore là, le cœur entier et vigoureux, et je n'avais jamais vu mon fils aussi heureux. Il aime sans réserve, cet amour est réciproque, et moi je suis content. « L'important c'est d'aimer et d'être aimé », n'est-ce pas ?

Il hocha la tête pour lui-même.

— Si ma fille choisit de vous aimer, avec toutes les difficultés que cela implique, saurez-vous lui rendre son amour ? En aurez-vous le courage ?

Valentin n'hésita pas une seconde. Et pas seulement parce qu'il avait conservé une certaine dose d'arrogance.

— Je préférerais m'arracher le cœur plutôt que de la faire souffrir à nouveau.

7.

Trois semaines plus tard, Angelique s'installait avec trente-six des plus beaux chevaux Cordova dans le domaine choisi pour eux par Valentin.

Valentin lui avait soumis sa proposition le lendemain du jour où il avait rendu visite à son père. De quoi avaient-ils parlé ? Ni l'un ni l'autre ne le lui avaient dit, et ils ne le feraient pas, mais son père avait soutenu sa décision de louer le domaine, qui correspondait parfaitement à leurs besoins. Il serait même possible de transformer une partie de l'immense pelouse en terrain de polo – non sans avoir réussi à obtenir l'assentiment du jardinier.

Après avoir bien sondé son cœur, elle avait décidé de saisir l'occasion d'entamer un nouveau chapitre de sa vie. Ni mariage ni enfants à l'horizon, mais un avenir riche en événements et une existence privilégiée. Aussi avait-elle accepté la proposition de Valentin. Elle avait dit oui. Y compris au portrait hideux dressé d'elle dans la presse dès l'instant où les journalistes avaient eu vent de l'accord conclu entre le roi de Thallasia et les maîtres des écuries Cordova.

Oui à tout. Sans réserve.

Sa famille au grand complet vint lui apporter aide et soutien : Enrique et Benedict, Luciana et leurs parents. Même la reine consort Moriana était venue de Liesendaach avec sa fidèle assistante personnelle, accompagnée d'un jeune garde rapproché très séduisant, pour l'aider à prendre possession des lieux. Jamais Angelique n'aurait imaginé l'élégante

Moriana, par ailleurs organisatrice d'événements hors pair, attablée au coude à coude avec les Cordova et les employés, et goûtant aux trois sortes de paellas, aux diverses salades, puis aux *natillas*.

Pourquoi celle-ci avait-elle fait le déplacement ? Mystère.

— C'est merveilleux ! soupira Moriana en souriant. Theo va regretter d'avoir manqué cela.

— Vous croyez que le roi de Liesendaach va regretter de ne pas avoir festoyé avec le bas peuple ? plaisanta Angelique.

— De ne pas avoir pu savourer toute cette sympathique compagnie, répliqua Moriana, nullement blessée par son ton moqueur. Et de ne pas avoir pu bavarder et rire librement comme j'ai eu la chance de le faire. J'ai laissé tomber de la paella sur ma serviette de table, ouvert les fenêtres des chambres pour les aérer…

— Sans oublier le raid dans la cave à vin du propriétaire, murmura Benedict avec un sourire malicieux.

— C'est toi qui as lancé l'idée, lui rappela Angelique. Et tu as intérêt à remplacer ces bouteilles, parce que je ne vois pas où trouver l'équivalent. Celle que nous sommes en train de déguster a vingt ans d'âge et provient d'un monastère dont je n'ai jamais entendu parler.

— À propos, où est Valentin ce week-end ? demanda Moriana. Je m'attendais à ce qu'il vienne faire un tour.

Elle n'était pas la seule.

— Je l'ai invité, dit Angelique. Pas au repas, mais il savait que vous veniez tous, et je lui ai dit qu'il pouvait passer quand il voudrait. Mais un roi ne « passe » pas…

— Ah bon ? l'interrompit une voix derrière elle.

Se retournant, elle vit Valentin sur le seuil de la pièce, en pantalon anthracite et chemise gris tourterelle entrouverte à l'encolure, les manches roulées sur les avant-bras.

Aucun agent de sécurité en vue, mais il y en avait sans aucun doute quelques-uns dans les parages.

— J'ai frappé à la porte et, comme personne n'est venu

m'ouvrir, je suis entré et me suis laissé guider par le bruit des voix.

— Quelle bonne surprise, Valentin !

Moriana se leva, imitée aussitôt par tous les convives.

— Je vous en prie, dit-il en les arrêtant d'un geste. Terminez votre repas. J'ai mal choisi mon moment.

— Pas du tout, répliqua Angelique. Tu es le bienvenu parmi nous. Alors, assieds-toi avec nous et goûte à la paella.

Valentin salua chacune et chacun, puis revint à Moriana.

— Theo n'est pas venu ? murmura-t-il.

— Oh ! Tant pis pour lui ! répliqua-t-elle en levant la main d'un geste désinvolte.

Enrique apporta une chaise supplémentaire et la plaça entre la sienne et celle de leur père.

Luciana émit un petit son inélégant tandis qu'Angelique retenait un sourire.

Le somptueux roi de Thallasia n'avait encore jamais été soumis aux manœuvres d'intimidation d'une famille espagnole...

Elle alla lui chercher un verre, une assiette et des couverts.

— Chacun se sert, dit-elle. Mais Enrique se laissera peut-être persuader de te verser un verre de vin. La bouteille vient de ta cave, au fait.

— C'est moi le coupable, avoua Benedict.

— Qu'est-ce que j'entends ? s'exclama-t-elle en riant. Serait-ce la voix de ta conscience ?

— Seulement parce que j'ai une dette envers toi.

— Une *grosse* dette, murmura Luciana.

Enrique leva son verre.

— À celles qui ont préparé cet excellent repas ! lança-t-il à la cantonade.

Tout le monde fit de même, et la conversation reprit entre Moriana et Luciana, entre Benedict et la mère d'Angelique, entre Enrique et son père, qui continuèrent de discuter en ignorant Valentin.

Celui-ci contempla son assiette vide, leva les yeux vers

Angelique, puis saisit la louche de service et la plongea dans l'énorme casserole de paella aux fruits de mer.

— Très bon choix, approuva Enrique.

Valentin hocha la tête et regarda Angelique.

— C'est ce que j'ai entendu dire.

— Bel endroit, ce domaine, intervint son père.

— Oui.

— Vous le louez souvent ? fit Benedict en haussant un sourcil.

Connaissant l'ironie grinçante de son beau-frère et craignant le pire, Angelique lui donna un coup de genou sous la table.

— Aïe !

— J'ai atteint un endroit stratégique ? demanda-t-elle avec un sourire suave, en adressant un clin d'œil à Valentin, le seul à ne pas faire partie du clan.

Qui était-il lorsqu'il laissait tomber ses attributs royaux ? se demanda-t-elle avec curiosité.

Peut-être ne le savait-il pas lui-même.

En tout cas, il s'adapta sans difficulté à l'humeur ambiante et se mit à causer avec ses parents, les interrogeant sur leurs coutumes et leurs souvenirs, sur les endroits associés à ces souvenirs, tant et si bien que les autres se mêlèrent à la conversation, au grand plaisir d'Angelique.

Après le dîner, Enrique, Benedict et son père entraînèrent Valentin dans la bibliothèque tandis que Luciana restait pour aider à desservir la table. Moriana prit place devant l'évier en déclarant qu'elle avait hérité de la tâche la plus agréable – avait-on déjà vu une reine faire la vaisselle ? –, et Luciana ouvrit une nouvelle bouteille pour fêter l'événement.

— Il n'a d'yeux que pour vous, glissa Moriana à Angelique.

Inutile de préciser qui était le « il ».

— Je sais.

— Vous allez lui accorder ce qu'il désire ?

— Oui. L'épouser ne m'intéresse pas. Je n'ai que faire d'un statut officiel, et cela m'est égal de ne pas pouvoir avoir d'enfants avec lui. Alors, s'il veut bousculer un peu sa cour, qui le voyait déjà renoncer à la Couronne, je suis prête à l'y aider.

— Je vois, murmura Moriana. Votre attitude me plaît.

— Ce que je vois, moi…, commença Luciana en s'emparant d'une cuiller en bois.

Elle la brandit en direction d'Angelique.

— C'est quatre-vingt-dix pour cent de bla-bla provocateur et dix d'illusions. Tu vas retomber amoureuse de lui, et quand ce sera fini il faudra de nouveau ramasser les morceaux.

— Lucia a toujours tendance à être pessimiste, expliqua leur mère à Moriana.

— *Moi* ? *Pessimiste* ?

Armée de sa cuiller en bois, Luciana s'avança d'un air menaçant vers Angelique, qui prit la fuite… et tomba dans les bras de Valentin, qui, heureusement, était seul.

— C'est ça, va-t'en ! lui cria sa sœur dans son dos.

Valentin prit Angelique par le coude et repartit en sens inverse.

— On se chamaille avec sa jumelle ? demanda-t-il avec un petit sourire en coin.

Elle aurait pu dégager son bras, mais la sensation de la main chaude sur sa peau nue était trop délicieuse.

— J'ai laissé les hommes de ta tribu avec mon cognac. Si tu as besoin que je fasse réapprovisionner la cave, dis-le-moi. Surtout si tu comptes accueillir régulièrement Theo et Moriana. Ta famille viendra-t-elle souvent te voir ?

— Non. Ils ont tenu à venir m'aider à m'installer, mais ils repartiront bientôt.

— Mais vous êtes très proches les uns des autres.

— Ils sont ma force.

Ils avaient eu des prises de bec, mais ils avaient aussi resserré les rangs à maintes reprises au fil des années. D'abord après le renvoi brutal d'Angelique de Thallasia, puis notamment lorsque Enrique s'était installé avec Benedict.

— Dois-je m'attendre à la présence d'un chaperon à chacune de mes visites ?

— Non, pas vraiment. Et si tu souhaites que notre relation reste secrète tu peux compter sur la discrétion de ma famille.

— Et si je ne veux pas cacher ma relation avec toi ? Vois-tu un inconvénient à ce que nous nous affichions en public ensemble ?

Elle se tourna vers lui.

— Pour que la presse de caniveau me démolisse sans pitié comme autrefois ? Après tout, c'est ma spécialité. Cela fait partie de mon charme. « La séduisante étrangère qui… »

— Non, l'interrompit Valentin.

— Tu ne comptes pas te servir de ma mauvaise réputation pour redorer ton image virile mise à mal ?

— Non. Disons simplement que, de même que je ne souhaite pas dissimuler l'intérêt que je te porte, je n'ai pas non plus l'intention de te jeter en pâture aux rapaces. Je préférerais te protéger. Ce que je n'ai pas fait autrefois.

Elle le regarda en fronçant les sourcils.

— Le musée national inaugure une nouvelle salle d'exposition jeudi. Je dois prononcer quelques mots puis rester une heure ou deux. J'aimerais que tu m'accompagnes. Le fait que tu loues ce domaine se saura tôt ou tard, alors mieux vaut devancer la presse et nous afficher publiquement ensemble, en nous faisant épauler par les médias du palais. Tu ne seras pas mon sale petit secret honteux. Pas cette fois. Plus jamais. Faisons les choses comme il faut.

Sa sincérité émut profondément Angelique. Ils ne pouvaient pas effacer le passé, mais le futur semblait prometteur.

— Sans rancune ?

— Sans rancune, acquiesça-t-elle en souriant. Demande à ton assistant de m'envoyer un petit topo. Je veux savoir ce que tu porteras le soir de l'inauguration, ce que porteront les autres, et qui seront les personnalités présentes. C'est le genre de briefing que Moriana fait tout le temps pour Enrique et Benedict. Ça leur est très précieux.

— Elle est incroyable, fit-il en hochant la tête.

— Oui, je la trouve très inspirante. Tu devrais aller lui dire au revoir, ainsi qu'aux autres qui sont dans la cuisine, si tu t'en vas. Mais tu peux rester, bien sûr. Personne ne s'est installé dans la chambre principale. Elle est libre.

— Personne ne s'y est installé ?

— Non. Peut-être à cause de la peau d'ours étalée devant la cheminée et du léopard empaillé qui surveille tout depuis la poutre qui lui sert de branche d'arbre. Il y a aussi les singes.

— Les singes ?

— Tu n'as encore jamais séjourné ici, j'ai l'impression ?

— Non. Et je ne peux pas dire que je connais bien l'agencement de ce manoir en dehors des plans conservés au palais.

— Je te fais visiter ?

Valentin hocha la tête en souriant, émoustillé.

Décidément, la soirée prenait un tour de plus en plus surréaliste !

Venu sous le coup d'une impulsion et croyant trouver Angelique seule, il avait imaginé un tête-à-tête intime, alors qu'en fait il s'était retrouvé attablé avec toute la famille Cordova. Et maintenant sa locataire lui faisait visiter *son* manoir comme si elle en était la propriétaire !

En jean moulant et haut de coton sans manches à motifs floraux, chaussée de boots en cuir, elle était plus sexy que jamais.

Manifestement, sa libido ne s'était pas envolée avec sa fertilité.

Docilement, il suivit son guide, qui lui faisait traverser une enfilade de salons au haut plafond, ouvrait les portes de chambres immenses, lui montrait des salles à manger chargées de dorures et de lourdes tentures. Des tapis usés recouvraient le sol de pierre gris, le mobilier était massif, en bois sculpté. L'ensemble dégageait une atmosphère désuète, médiévale.

Ils arrivèrent enfin à la chambre principale, ou plutôt au cirque !

Le léopard se trouvait bien sur sa branche, à l'affût. Un singe empaillé se pendait d'une main au lustre…

— Moriana a vu ce capharnaüm ? demanda-t-il, n'en croyant pas ses yeux.

— Bien sûr. Elle a dit que cette pièce gagnerait le prix du décor le plus baroque, bien que son frère dispose à Arun d'une pièce circulaire destinée aux courtisanes qui n'est pas mal non plus. Il y a même un trapèze, paraît-il.

Elle tourna les yeux vers une paire de menottes fixée au mur.

— Je n'ai pas demandé s'il y avait des chaînes rangées quelque part. Qui vivait ici ?

— Un duc, il y a un siècle. Change tout ce que tu voudras. Dans ce genre d'endroit, il y a probablement un grenier rempli d'antiquités.

— En effet, et nous sommes déjà allées y faire une razzia. J'ai l'intention de n'occuper qu'une demi-douzaine de pièces, et nous avons passé le week-end à les rendre confortables. Quant aux équipements pour les chevaux, pas de problème.

Renversant la tête en arrière, Angelique contempla un autre singe empaillé posté sur une poutre.

— Du moment qu'elles restent ici, ces bestioles ne nous dérangent pas. Et, pour revenir à ta proposition, je suis d'accord : je serai ravie de t'accompagner à l'ouverture de la nouvelle salle du musée national. Je suis à ta disposition.

— Dois-je comprendre que tu ne verrais pas d'inconvénient à ce que je t'embrasse avant de m'en aller ?

Une lueur chaude éclaira les yeux d'Angelique.

— Non.

Il l'avait déjà embrassée, bien des années plus tôt. Il croyait se rappeler la passion d'Angelique et la douceur de sa bouche, mais ce n'était rien, comparé à ce qu'elle lui offrait maintenant. Il s'abandonna sans résistance.

Il brûlait de la soulever dans ses bras et de l'allonger sur le lit, de prendre tout son temps pour la redécouvrir tout entière.

Mais il y avait les singes au-dessus de leurs têtes, et la famille Cordova au rez-de-chaussée. Pas question de prendre le risque que l'un ou l'autre parte à la recherche d'Angelique. Il attendrait. Il avait déjà attendu si longtemps. Ils avaient le temps.

— Et si tu revenais ici après la soirée au musée ? murmura-t-elle en attirant de nouveau son visage vers le sien. C'est faisable ? chuchota-t-elle contre ses lèvres.

Seigneur, sa bouche avait un goût divin.

— Tu es bien présomptueuse…

— Oui, je ne prétends pas le contraire. Et j'en sais suffisamment sur les rois pour pouvoir dire que la spontanéité ne leur est pas souvent permise. Alors, mieux vaut nous organiser à l'avance. À moins que je n'aille trop vite pour toi ?

Trop *vite* ?

— On peut aller dans ta chambre tout de suite, si tu veux !

— Avec mes parents dans la maison ? se récria-t-elle en reculant d'un bond. Certainement pas.

C'était si bon de rire et de faire semblant d'être redevenu le jeune homme insouciant d'autrefois ! Celui qui avait aimé sans réserve, comme jamais depuis.

— Je vais m'en aller. Ne te dérange pas, je devrais retrouver le chemin tout seul.

— Je te raccompagne jusqu'à la porte… Si je ne me perds pas en route.

Ils retrouvèrent leur chemin ensemble, tandis que les agents de sécurité réapparaissaient les uns après les autres, à une certaine distance.

Angelique les vit, mais ne fit aucun commentaire.

— Merci pour le dîner, dit-il.

— Qu'as-tu pensé de la paella aux fruits de mer ?

Il ne s'agissait pas seulement de nourriture. C'était l'ambiance qui avait rendu ces instants précieux. La chaleur de leur accueil, leur humour pince-sans-rire, leur vivacité d'esprit.

— Tout était délicieux.

8.

Quatre jours plus tard, Valentin regardait Angelique descendre de la berline qu'il lui avait envoyée.

Il avait travaillé comme un forcené toute la semaine afin de pouvoir prendre sa matinée du lendemain. Il comptait bien profiter à fond de cette soirée – et de la nuit qui s'ensuivrait. Peu lui importait que la présence d'Angelique Cordova à ses côtés fasse du bruit. Le peuple de Thallasia devrait s'y habituer, voilà tout.

Elle avait choisi une robe rouge écarlate qui dénudait ses épaules, mises en valeur par le chignon haut sur lequel ressortaient des épingles serties de perles assorties à son collier. Et, quand elle se retourna pour remercier le chauffeur, il découvrit que ledit collier était pourvu d'une sorte de… laisse qui oscillait dans son dos et s'arrêtait juste au-dessus de ses reins.

S'attendait-elle à ce qu'il s'empare de cette laisse pour l'attirer contre lui ?

En tout cas, sa main le démangeait d'essayer.

Lorsqu'elle l'aperçut, immobile au sommet des marches du musée, elle écarta les bras et tourna gracieusement sur elle-même.

— Ça ira ?

— Quel est ton but, exactement ?

— Eh bien, l'exposition s'intitule *La Chute de l'homme*. C'est approprié pour un premier rendez-vous, non ? Je me suis inspirée de ce thème.

— Le résultat est réussi.

— En fait, je désire la chute d'un seul homme. Toi.

— Je vois. Il s'agit encore de revanche.

— C'est ce qu'ils diront, répliqua-t-elle avec un sourire éblouissant. Alors, autant les satisfaire.

Il lui offrit le bras et fut traversé par un courant de possessivité primaire quand la main fine se posa sur sa manche de veste.

— Tu as bien raison. Tu désires te repoudrer ?

— Je ne dis pas non.

— Tu es nerveuse ?

Elle n'en avait pas l'air.

— Tu parles… Mais ça ira, ne t'en fais pas.

Comme il s'y attendait, leur entrée fit sensation.

Angelique supporta les regards curieux ou choqués avec une assurance et un calme qui n'auraient pas dû l'étonner. Elle sembla apprécier sincèrement l'exposition et écouta avec attention les différents discours. Elle ne sourit pas bêtement, ne s'accrocha pas à lui ni ne chercha à se faire remarquer. Et, lorsqu'elle lui adressa un clin d'œil soudain au beau milieu de son allocution, il faillit perdre le fil de sa pensée.

L'aisance avec laquelle elle évoluait dans cet univers le surprenait. À tort, après tout. Ils avaient fréquenté des milieux similaires pendant des années, chacun de son côté.

Vala, présente elle aussi, s'arrangea pour rejoindre Angelique et contempler plusieurs tableaux avec elle tout en bavardant. Cela suffisait à approuver publiquement le choix de son frère. Quand il la remercia d'un léger signe de tête, elle haussa un sourcil, adressa encore quelques mots à Angelique, puis alla s'entretenir avec d'autres invités, visiblement déterminée à montrer à sa façon qu'elle considérait Angelique Cordova comme l'une des leurs.

Lorsqu'il alla retrouver Angelique, celle-ci l'accueillit en souriant tandis qu'il lui tendait le bras pour s'avancer avec elle vers une autre œuvre.

— Ta sœur m'a affiché ouvertement son soutien, j'ai l'impression, murmura-t-elle. C'est toi qui le lui as demandé ?

— Pas du tout. Vala est ravie de voir ma cote remonter, et son pouvoir s'affirmer. Je lui confie davantage de responsabilités, et bien qu'elle ne l'ait pas souhaité au départ elle s'en tire magnifiquement. Cela me facilite la tâche.

— Tu envisages toujours d'abdiquer ?

— Non, mais autant que le peuple sache que le roi peut compter sur sa jumelle. Ils devraient être contents : ils en ont deux pour le prix d'un. Quelqu'un t'a donné du fil à retordre, ce soir ?

— Avec toi qui me surveillais du coin de l'œil en permanence ? Ils n'auraient pas osé.

— Oh ! ne te fais pas d'illusions ! Demain, les journalistes oseront.

— Ne compte pas sur moi pour m'en préoccuper. Ma force repose sur les miens, et ils savent qui je suis.

Elle était si belle avec ses grands yeux noirs mis en valeur par la soie rouge qui épousait ses courbes ravissantes !

— Ce qui m'inquiète le plus, ce sont les retombées que ces ragots stupides et grossiers auront sur toi.

Cela ne pourrait pas être pire que les gros titres le dépeignant comme une moitié d'homme, un roitelet incapable de donner un héritier à son pays.

Lorsque Valentin jugea qu'il pouvait s'éclipser, il appela son chauffeur, et ils s'en allèrent après avoir salué quelques personnalités et félicité les organisateurs de la soirée.

Puis ils montèrent en voiture, et le chauffeur les conduisit chez elle, même si le domaine appartenait en réalité à Valentin.

Mais, alors qu'Angelique brûlait de se jeter sur lui et de lui arracher ses vêtements, elle fut bien forcée de renoncer à tout projet de ce genre en voyant les agents de sécurité se mettre à explorer toutes les pièces du manoir une par une.

Cependant, le simple fait de voir Valentin se détendre la ravissait. Le cœur battant la chamade, elle le regarda ôter sa veste et la poser nonchalamment sur le dos d'un fauteuil, desserrer sa cravate, se débarrasser de ses boutons de manchette... Après avoir roulé ses manches sur les avant-bras, il traversa la bibliothèque, l'une des pièces les plus accueillantes du manoir, en direction du bar.

À leur arrivée au musée, un serveur leur avait offert du champagne. Valentin avait pris une flûte, qu'il s'était contenté de tenir à la main pendant un certain temps, avant de la tendre à un autre serveur. Par la suite, il avait refusé celles qu'on lui proposait.

— Si je comprends bien, tu n'as rien contre l'alcool, mais tu ne bois pas pendant le service, dit-elle en se perchant sur le coin d'une table.

Il se tourna vers elle en souriant.

— Exactement. Je te sers quelque chose ? Après ma visite de l'autre soir, j'ai fait en sorte que le bar soit bien fourni.

— Je veux bien un verre de vin blanc.

— Sec, je suppose ?

— Naturellement, acquiesça-t-elle avec un sourire.

Valentin lui tendit bientôt un verre de vin et se servit un whisky.

Allaient-ils s'asseoir sur le sofa pour discuter de la soirée ? Personnellement, elle préférait...

Comme s'il devinait ses pensées, Valentin s'installa dans un fauteuil, posa son verre, puis lui fit signe de se rapprocher.

Mon Dieu, ce sourire sensuel, prometteur...

— Pas mal, murmura-t-elle.

— Le vin ? répliqua-t-il d'un ton innocent.

— Oui. Et aussi la séance de déshabillage décontracté, comme si tu étais chez toi, dit-elle avec humour. Je peux peut-être te débarrasser de ta cravate ?

Sans attendre sa réponse, elle s'avança vers lui, se pencha, remonta son col de chemise et acheva de dénouer la cravate, qui glissa bientôt sur le tapis.

— C'est ton valet qui s'en charge, d'habitude ? demanda-t-elle en s'attaquant aux boutons.

— Non, répondit-il, la voix rauque.

Il plongea son regard dans le sien.

— Tu tiens à cette robe ?

— Énormément. Pourquoi ?

— Parce que j'aimerais beaucoup que tu t'assoies…

Il tapota ses cuisses musclées.

— Là, sur mes genoux.

— Tu veux dire à califourchon sur toi ?

Quelle merveilleuse idée.

Et puis, ce n'était pas parce qu'elle aimait cette robe qu'elle ne pouvait pas la froisser un peu…

Sourde à quelques petits craquements, elle s'installa, écarta les pans de la chemise en coton d'Égypte de Valentin et posa les mains sur son torse chaud.

Il ne bougea pas, même quand elle approcha les lèvres des siennes pour les effleurer.

La domination n'était vraiment pas son truc, mais l'abandon de Valentin faisait naître en elle des sensations insensées. Agrippant le col de sa chemise, elle approfondit le baiser et tressaillit violemment quand il pressa son érection contre l'endroit où elle se consumait pour lui.

Cédant à son instinct, elle bascula légèrement le bassin en avant pour mieux sentir son membre puissant.

— J'espère que tu sais encore t'en servir, murmura-t-elle.

Valentin sourit contre sa bouche.

Avec lui, le sexe pouvait être gai et amusant, avant de se transformer en une étreinte brûlante et passionnée, il le lui avait montré autrefois. Le sexe pouvait aussi être impérieux et sauvage, ou paresseux et langoureux. Ce n'était jamais une seule chose à la fois, il suffisait de choisir. Au gré de leurs envies.

— Je me souviens de toi, tu sais. De tes baisers. De tes mains. Je n'ai rien oublié, déclara-t-elle.

— Tu aurais dû. Je ne t'ai pas encore donné le meilleur de moi-même.

Les longs doigts se glissèrent sous sa minuscule culotte, s'enfoncèrent en elle. Valentin trouva son clitoris et le caressa, la faisant bientôt haleter.

Personne ne savait la caresser ainsi. Non qu'elle ait des éléments de comparaison. En dépit de sa nature passionnée, elle ne s'était jamais offerte à un autre homme comme elle s'était offerte à Valentin. Et tant d'années s'étaient écoulées depuis leur merveilleuse idylle qu'elle ne résisterait pas longtemps à ses caresses.

— On pourrait ralentir un peu…, chuchota-t-elle.

— Pourquoi ?

Parce qu'elle allait jouir. Parce que ses souvenirs se mélangeaient avec ce qu'elle vivait maintenant, et que ça lui donnait le vertige… Parce qu'elle n'était pas une femme facile et qu'elle ne le serait jamais. Parce qu'elle appartenait à lui et rien qu'à lui.

Elle ferma les yeux, se laissa emporter de plus en plus haut… Mais elle voulait le sentir en elle quand elle céderait à la jouissance.

— Prends-moi, chuchota-t-elle en refermant les doigts sur la boucle de sa ceinture.

Interrompant ses caresses, Valentin souleva les hanches et fit glisser pantalon et caleçon sur le tapis.

Lentement, elle s'installa sur sa puissante érection et se laissa couler sur elle.

C'était encore meilleur que dans son souvenir. Encore plus enivrant…

— On dirait que nous l'avons fait hier, murmura-t-il.

— Tu m'as *tellement* manqué.

— Toi aussi.

Tout ce qu'ils avaient appris ensemble, découvert l'un sur

l'autre, semblait avoir résisté au temps. Cet endroit, juste sous l'oreille, qu'il mordillait, la faisant gémir de plaisir, avant de l'apaiser avec la langue. La façon dont ils faisaient durer un baiser jusqu'à ce que, à bout de souffle, ils séparent leurs bouches pour aspirer une grande bouffée d'air. La joie de sentir le corps nu de l'autre contre le sien…

— Je voudrais…

Il savait exactement ce qu'elle voulait. Ses grandes mains chaudes sur son corps, ses lèvres gourmandes titillant un mamelon gonflé. Son regard brûlant dardé sur elle, farouche et possessif…

— Je suis si heureuse de te retrouver, chuchota-t-elle. Et toi ? Tu n'es pas déçu ?

— *Non.*

Il le lui répéta, avec les lèvres, la langue, les mains, tandis qu'elle le chevauchait avec passion.

— Doucement, murmura-t-il en la prenant par les hanches. J'ai attendu si longtemps… Laisse-moi réapprendre à te connaître tout entière.

9.

Tout était sa faute, reconnut Valentin. Il n'aurait jamais dû proposer à Angelique de l'accompagner à la fondation dont il était le principal mécène.

Après avoir de nouveau passé la nuit avec elle – cela risquait décidément de devenir une habitude –, il n'avait pas résisté à l'envie de prolonger ces instants délicieux et lui avait demandé si elle souhaitait se joindre à lui pour ce rendez-vous.

Erreur monumentale. La rencontre s'était rapidement transformée en une catastrophe dont il était le seul responsable. Pour commencer, il aurait dû la briefer correctement. Ensuite, il n'avait pas prévenu les responsables qu'il viendrait accompagné.

La tenue d'Angelique était trop décontractée. Chaussures plates, pantalon droit, chemisier en coton aux manches retroussées jusqu'aux coudes. Aucun bijou, excepté la montre qu'elle portait au poignet.

La fondation à laquelle ils rendaient visite s'occupait d'alphabétisation pour adultes. Ne parlant pas couramment le thallasien, Angelique s'était montrée très intéressée par les cours et les méthodes utilisées. Lorsque l'un des organisateurs de la rencontre lui avait demandé si elle voulait bien être filmée en train de lire un texte pour débutants, elle avait accepté avec enthousiasme, et lui-même avait donné son accord. Elle avait fait des fautes de prononciation, évidemment. Sa pratique orale du thallasien étant bien meilleure que sa capacité à le lire – à voix haute, en plus. Par ailleurs, elle maîtrisait parfaitement l'anglais, tant à l'écrit qu'à l'oral.

La vidéo avait été mise en ligne sur les réseaux sociaux, et la presse avait bien sûr fait ses choux gras de « l'ignorance crasse d'Angelique Cordova ».

Non seulement « la maîtresse espagnole du roi » était fagotée comme un as de pique, mais elle exhibait une montre offerte par la marque dont elle était l'ambassadrice, et pour couronner le tout elle avait la capacité de lecture d'une gamine de huit ans.

Le travail effectué par la fondation s'était vu enseveli sous une avalanche de critiques, d'insinuations grossières quant à ce que le roi pouvait bien trouver à une quasi-illettrée, de prédictions sur le fait qu'il se lasserait vite d'elle.

Lui-même avait déclenché cette catastrophe parce qu'il n'avait pas respecté le scénario établi avec soin par le palais.

« Redescends de ton petit nuage et protège Angelique », l'avait tancé sa sœur, à juste titre.

Benedict – autrefois prince héritier du Liesendaach ayant défrayé la chronique et fait la une de la presse à scandale en associant son nom à celui d'Angelique – l'avait appelé pour lui demander s'il avait d'autres tuyaux à lui refiler quant à la meilleure façon de ruiner la réputation d'une femme.

Pas vraiment une bonne idée, parce que cela avait permis à Valentin de vider son sac et de rappeler à Benedict que lui-même et Enrique ne s'étaient guère souciés de la réputation d'Angelique quand ils s'étaient servis d'elle pour dissimuler leur liaison durant plusieurs années. À l'époque, ils avaient laissé raconter des horreurs à son sujet. Sur quoi, Benedict avait répliqué que Valentin ferait mieux de se livrer à son autocritique avant de critiquer les autres, puis il lui avait raccroché au nez... Pour rappeler une heure plus tard et lui annoncer qu'Enrique et lui avaient décidé d'accorder une interview à un magazine glamour, et qu'ils comptaient mettre l'accent sur la générosité d'Angelique et sa volonté de faire passer le bonheur de son frère avant le sien, alors que celui-ci venait de faire son *coming out* et d'entamer une relation sérieuse avec un membre de la famille royale de Liesendaach.

Certes, avait ajouté Benedict, Angelique se fichait de ce que l'on pouvait raconter sur elle. Elle était très sensible à ce que ses amis proches et sa famille pensaient d'elle, mais en dehors de cela les gens pouvaient dire ce qu'ils voulaient. Cette attitude n'était pas une façade, et c'était peut-être une grande qualité pour la maîtresse d'un roi. Mais lui-même n'était pas de cet avis. Par conséquent, avait-il poursuivi, Valentin et les proches d'Angelique devaient améliorer leur stratégie et la protéger à sa place.

Un peu plus tôt ils s'étaient rejeté réciproquement la faute, mais cette fois Valentin l'avait écouté avec attention, et ce soir-là, quand il rejoignit Angelique pour dîner et qu'il constata qu'elle avait à peine jeté un coup d'œil à la presse, il lui demanda comment il se faisait que les insultes des journalistes ne la touchent pas plus que cela.

— J'ai mon travail, dit-elle en faisant tourner le vin dans son verre. Je passe toute la journée dans cette belle propriété, complètement coupée du reste du monde, et mes chevaux se fichent bien de ce que racontent des individus qui ne vivent que pour mettre leur nez dans les affaires de leurs semblables. Je mène une vie merveilleuse, ici.

— On t'a traitée de cruche…

— Tu me trouves cruche ? J'espère bien que non, fit-elle en secouant la tête. Ma famille et moi avons déjà eu droit à ce genre de calomnies, et nous savons les ignorer. Cela ne m'atteint pas. Je n'en attendais pas moins de ces vautours.

Elle le dévisagea avec attention.

— Tu croyais vraiment qu'ils allaient m'aimer ? Parce que, si c'est le cas, tu rêves.

— Tu es sincère ? Tu es totalement insensible aux saletés qu'ils impriment sur toi ? insista-t-il.

— Complètement. Et toi ? Cela t'atteint, ce qu'ils racontent sur toi ?

— Oui. J'ai une équipe dont le travail consiste à faire en sorte que le gros de la presse me reste favorable. Je suis plus efficace si je donne une image de roi irréprochable.

— Je vois ! s'exclama Angelique avant de boire une gorgée de vin.

Elle reposa son verre et le regarda en haussant les sourcils.

— Mais ta relation avec moi ne sera jamais au-dessus de tout reproche.

— Le peuple a accepté ma stérilité, la rupture de mes fiançailles et ma décision de m'en tenir au célibat. Pas au début, c'est vrai, mais ils commencent à comprendre que mon désir de servir mon pays demeure entier. Si nous… si *je* parviens à mettre en valeur ta vraie personnalité, ils finiront peut-être par t'accepter telle que tu es.

— Tu ferais tout ce travail pour une simple aventure ?

— Quelle aventure ? Je ne sais pas ce qu'il en est pour toi, mais je n'ai jamais été aussi heureux de ma vie et, cela, c'est parce que tu fais partie de mon univers. Et je désire que cela continue ainsi… sans ressentir le besoin de définir ce que nous vivons. Mais quelle qu'en soit la nature je n'appelle pas cela une « aventure ». Tu comptes énormément pour moi. De la même façon que Thallasia et le regard que le peuple porte sur toi sont capitaux pour moi.

C'était le moment où Angelique aurait dû dire qu'elle pensait la même chose, mais elle demeura silencieuse, reprit son verre et en but une nouvelle gorgée.

— C'est pour cela que…

— Que racontent-ils sur moi, aujourd'hui ?

Personne ne l'avait encore jamais interrompu, et à en juger par son léger sourire Angelique le savait fort bien.

Il souleva le journal posé devant lui et le déplia.

— Hum… Eh bien, tu vas sans doute bientôt faire des

révélations complètes sur l'enfant secret que nous avons conçu autrefois.

Elle reposa son verre, mais sans le lâcher.

— C'est nouveau, ça. Ils présument donc que ton père ne se serait pas chargé lui-même de la besogne, même s'il était réputé pour sa brutalité et sa bestialité. Ils ont la mémoire courte, chez vous.

Une expression désolée envahit aussitôt ses traits fins.

— Excuse-moi. Cette remarque était déplacée. Je ne mets pas tous les Thallasiens dans le même sac que ton père, tu le sais. Je ne vois rien de lui en toi.

Il poussa un léger soupir.

— Peut-être parce que j'ai consacré beaucoup d'énergie et d'efforts à éliminer toute trace de lui en moi. Je n'ai pas envie de lui ressembler. Enfant puis adolescent, je l'ai idéalisé, mais son comportement vis-à-vis de toi m'a ouvert les yeux. Malheureusement, et en dépit de tous mes efforts, je le reconnais dans certains aspects de ma personnalité. Mon mauvais caractère, ma fichue arrogance... J'en suis bien plus conscient qu'autrefois, ce qui ne les empêche pas de resurgir dans certaines circonstances.

— Ce n'est pas le cas de tout le monde ?

— Je n'en sais rien, murmura-t-il à regret. Les gens ont tendance à se contrôler devant moi. Je n'attends pas cela de toi. J'aime les moments où nous bavardons librement comme maintenant. J'apprécie que tu m'interrompes lorsque je pontifie. Je souhaite que tu puisses dire ce que tu penses sans t'excuser aussitôt, même quand tu dis du mal de mon père.

Angelique rejeta sa chevelure noire en arrière et le toisa d'un air farouche et follement sexy.

— Je m'excuse si et quand je le désire. Et maintenant...

Elle repoussa le journal avant de s'asseoir à sa place sur la table basse.

— Si nous en avons terminé avec la presse, je propose

que nous passions à des choses plus sérieuses. Tu pourrais oublier ces ragots et te détendre, par exemple.

Elle se pencha vers lui et l'embrassa au coin des lèvres.

— Je peux t'y aider, si tu veux ?

— Je t'en prie. Je m'en remets complètement à toi. Mais d'abord j'aimerais que tu réfléchisses à la possibilité de t'exprimer, par le biais d'un entretien avec un journaliste de qualité, bien sûr, sur l'importance de maîtriser la lecture et l'écriture, sur les langues que tu parles couramment, et sur tes progrès en thallasien, lu et écrit. Cela pourrait se passer ici, mes assistants se chargeraient de te préparer et d'organiser la rencontre.

— Qu'est-ce que tu disais tout à l'heure, déjà ? murmura-t-elle. Que tu étais arrogant ?

Valentin la fit taire d'un baiser.

— S'il te plaît.

— Pourquoi donner à manger aux rapaces ? Ces articles qui me traitent de cruche seront vite oubliés. Quant à « me préparer », tu devrais cesser de penser que, en formatant mon image, tu amèneras les gens à m'aimer. Cela risque d'avoir l'effet inverse. Ils se méfieront, ou ils m'en voudront.

— Tu pourrais faire une déclaration, alors. Le palais se chargera de la diffuser.

— Hum…, murmura-t-elle contre sa joue.

Il la repoussa doucement pour voir ses yeux.

Comment pouvait-elle rester sereine alors que des inconnus s'acharnaient sur elle dans le seul but de faire sensation avec un gros titre percutant ? Elle ne paraissait ni stressée ni indignée. Elle n'y pensait déjà plus et songeait manifestement à des choses plus agréables. Dont il faisait partie.

— Tst, tst, fit-elle en haussant un sourcil.

— Je porte trop de vêtements ?

— Oui. Tu en portes *toujours* trop à mon goût.

Et dire que l'on trouvait Angelique indigne de lui ! Elle le faisait rire. Elle lui donnait des envies d'autre chose. D'autre part.

— Les boutons, murmura-t-il. Vite.

Elle déboutonna le premier.

— Jusqu'au dernier ?

— C'est une proposition ?

— Oh… Tu veux que je prenne la direction des opérations, c'est ça ?

Il ne désirait que cela. S'abandonner tout entier à ses mains fines et douces.

— Oui. Si tu le veux aussi.

Les yeux brillants, elle rapprocha son visage du sien et lui mordilla la lèvre.

— Nous ne disposons pas d'une salle circulaire avec trapèze comme ton ami le roi Augustus, mais il y a ici une baignoire immense dans la salle de bains attenante à la chambre de maître. Bien assez grande pour deux, et avec des jets et un banc…

L'eau… L'instrument préféré de son père quand il s'agissait de l'endurcir ou de le punir. Peut-être que, grâce à la fée Angelique, l'instrument de torture se transformerait en source d'apaisement et lui apporterait la rémission.

— Tiens tiens, répliqua-t-il lentement.

— Oui oui… Nous pourrions y aller maintenant : tu emportes ton verre, et tu me laisses réfléchir à la meilleure façon de t'aider à te détendre ?

Quand il entra dans l'eau brûlante et parfumée un peu plus tard, il frissonna à certains souvenirs.

Angelique avait allumé des bougies et baissé l'éclairage. Pour n'importe qui d'autre, le décor aurait été romantique à souhait, mais la grotte située en dessous du palais de Thallasia avait toujours été faiblement éclairée, elle aussi. L'eau se déversait en un flot rapide et noir dans ce que son père appelait la « piscine ». Un rocher bloquait l'embouchure de la rivière d'un côté, et à l'autre extrémité une grille d'acier laissait passer l'eau. Lorsque la rivière coulait paisiblement, ça pouvait être amusant de se retrouver collé contre cette grille, mais pas drôle du tout lorsqu'elle se transformait en torrent.

— Pas de jets, murmura-t-il en voyant Angelique régler le débit d'air.

Sans poser de question, elle prit un gant de toilette, l'enduisit de savon et commença à le passer délicatement sur sa poitrine. Ça, il pouvait supporter.

La délicatesse fit place à la fermeté, la caresse au massage. Une délicieuse détente l'envahit peu à peu, y compris celle de muscles dont il ignorait l'existence.

— Penche-toi en avant, dit-elle.

Obéissant, il lui offrit son dos, qu'elle entreprit de masser en petits mouvements circulaires. Ensuite, elle reposa le gant et lui rinça le dos avec de l'eau qu'elle recueillait dans ses mains, avant de verser de l'huile dans sa paume et de lui masser les épaules.

Avait-elle bien vu son dos ? Elle l'avait caressé partout maintes et maintes fois, mais il n'avait encore jamais été exposé ainsi. Les marques laissées par les coups de fouet avaient perdu leur relief, mais si l'on regardait bien les lignes blanches ressortaient sur sa peau hâlée.

Se servant de ses pouces, elle remonta le long de sa colonne vertébrale jusqu'à la nuque, le faisant frissonner de plaisir.

— Qui t'a fait cela ? demanda-t-elle tout à coup.

— Mon père.

— Pourquoi ?

Droit au but. Sans montrer le moindre étonnement. Était-il donc le seul à ne pas avoir compris qu'il avait un monstre pour père ?

— Je l'avais mécontenté.

Les mains fines se firent plus douces.

— Quand tu étais petit ?

— Qu'est-ce que cela peut faire ?

Il avait honte de ces cicatrices. Elles témoignaient que ses premières tentatives pour se conduire en homme d'honneur s'étaient soldées par des coups de fouet. Elles lui rappelaient son impuissance quand il avait été trop surpris pour se défendre. Et l'indignation et la compassion muettes de Vala tandis que, incapable de soutenir son regard, il la laissait le soigner après la séance avec du baume chipé en douce dans la trousse de secours de la cuisine.

— C'est arrivé, poursuivit-il. Cela m'a permis de prendre du recul, de me demander à quelle espèce d'hommes j'appartenais et de réfléchir à ce que je voulais devenir. Cela m'a amené à me chercher un modèle ailleurs. Dans les forces armées pendant plusieurs années. Puis chez les monarques et les hommes d'État plus âgés que j'étais amené à approcher. Je ne suis pas fier de ces marques de fouet sur mon dos, ne te méprends pas, mais elles ont provoqué une prise de conscience salutaire. Pas par rapport à mon père, mais sur moi-même. Et je leur en suis reconnaissant à cause de cela.

Un long silence suivit ses paroles. Angelique continuait son massage.

— C'est arrivé à cause de moi ? demanda-t-elle soudain.

— Non.

Il pouvait l'affirmer en toute certitude, même si leur liaison avait déclenché le processus.

— N'y pense plus, Angelique. Cela ne sert à rien de rouvrir les vieilles blessures, et pour ma part je les ai acceptées.

Pour toute réponse, elle se glissa dans la baignoire derrière lui et posa les lèvres sur les cicatrices qui lui zébraient le dos. Il y avait une telle tendresse, une telle compréhension dans son geste, qu'il sentit les larmes lui monter aux yeux.

— Détends-toi, chuchota-t-elle. Oublie mes questions et laisse-toi aller, c'est tout.

Elle s'occupa de lui jusqu'à ce que toute tension ait quitté son corps. Ensuite, elle le fit sortir du bain, l'enveloppa dans une grande serviette chaude et, le prenant par la main, l'entraîna vers sa chambre.

Une fois allongé, il ferma les yeux pour mieux savourer les délicieux petits baisers qu'elle déposait sur son visage. Petit à petit, il s'abandonna aux caresses d'Angelique. Plus rien ne lui occupait l'esprit sinon une immense gratitude envers cette femme merveilleuse.

Jamais il ne s'était senti plus nu lorsque, enfin, elle s'installa à califourchon sur lui et instaura un lent va-et-vient qui se transforma peu à peu en chevauchée sauvage.

Après la jouissance, il sombra dans le sommeil et l'oubli.

Quand il se réveilla, il la chercha dans la nuit et la trouva à côté de lui, chaude et consentante. Cette fois, ce fut lui qui prit la direction des opérations. Il se donna tout entier à elle, corps et âme, priant en son for intérieur pour qu'Angelique soit suffisamment forte pour rester avec lui et soit heureuse.

Il pourrait l'épouser, pourquoi pas ? Et lui garantir ainsi la protection qu'elle méritait. Mais c'en serait terminé de la liberté d'Angelique. Et, bien qu'étant le fils d'un tyran et lui-même un homme têtu et arrogant, il ne souhaitait pas lui imposer les devoirs et les contraintes qui l'entraveraient une fois devenue son épouse.

Leur arrangement convenait à Angelique. Elle tenait à sa carrière et aimait son travail. De son côté, il pouvait la voir à sa guise et, si elle lui manquait de plus en plus quand ses obligations le retenaient loin d'elle, il fallait qu'il s'y habitue. Et, si la presse accusait « l'ogresse » de détourner le roi de ses devoirs, il devait s'habituer aussi à la défendre.

— Sois heureuse avec moi, chuchota-t-il dans ses cheveux.

Elle remua dans son sommeil, et il attendit d'être certain qu'elle dorme avant d'ajouter en silence « s'il te plaît ».

10.

Angelique se précipita vers la salle de bains et vomit.

C'était la troisième fois en une semaine que cela lui arrivait parce qu'elle ne supportait pas l'odeur du café. Si elle voulait se débarrasser de ces nausées matinales, elle allait devoir se résoudre à le remplacer par du thé.

Des *nausées matinales*.

Mon Dieu ! Elle ne pouvait pas être enceinte, pourtant ! Valentin était devenu stérile après sa maladie, et elle n'avait couché avec personne d'autre !

Les œufs. Impossible d'en manger depuis plusieurs jours.

Elle avait chopé un virus intestinal, voilà tout.

Tout de même…

Ouvrant le robinet, elle humecta une serviette et s'essuya les lèvres, puis elle mit les mains en coupe et se baigna le visage d'eau froide. Ensuite, elle sortit son smartphone et s'assit sur le rebord de la baignoire.

Les écuries, d'abord.

Elle appela son chef palefrenier pour le prévenir qu'elle ne se sentait pas bien et qu'elle resterait à la maison un jour ou deux.

Luciana, maintenant.

Elle se laissa glisser par terre et appuya son front contre ses genoux.

— Salut, murmura-t-elle lorsque sa sœur répondit. Tu peux me rendre un service ?

— Tu as vu l'heure ? marmonna Luciana. Il est *5 h 30* !

— Désolée. Vraiment.

Elle ferma les yeux pour tenter d'endiguer une nouvelle vague de nausée.

— Je te rappelle plus tard. Plutôt vers quelle heure, pour ne pas te déranger ?

— Qu'est-ce que tu veux ?

Serrant les paupières, elle inspira à fond et compta jusqu'à cinq.

— Un test de grossesse.

Silence.

— Je l'achèterais bien moi-même, mais si la presse l'apprend…

Mieux valait ne pas penser à ce qui se passerait si un journaliste le découvrait avant qu'elle ait pu en parler à Valentin.

— Comment pourrais-tu être enceinte ? C'est impossible.

— Je sais ! Je ne fais pas trop attention à mes cycles, mais j'ai les seins ultra-sensibles, les cheveux plus épais, et l'odeur du café me donne envie de vomir. Tu ne vas pas me dire que cela ne ressemble pas à des signes de grossesse ?

— Tu es rayonnante ? Les femmes enceintes le sont, en général.

— Ne te moque pas de moi, Lucia. Je crois que je suis enceinte, je suis terrifiée, et il faut que je me procure un test de grossesse. Non, deux. Ou plutôt trois, au cas où je douterais des résultats des deux premiers.

— Oh ! zut ! Comment as-tu fait ? Non, oublie ma question, je sais comment on fait les enfants. Mais comment les médecins ont-ils pu se tromper à ce point ? Valentin n'a-t-il pas eu affaire aux meilleurs spécialistes ?

— Je ne sais pas quoi en penser.

— Tu as pris du ventre ?

— Non ! protesta-t-elle.

Monter à cheval musclait tout le corps, notamment les abdominaux.

Elle se passa néanmoins la main sur le ventre.

— Je n'ai pas l'impression qu'il ait grossi… Personne ne m'a fait de remarque. Mais les seins, Lucia. Les seins !

— Et les sautes d'humeur ? Tu passes du rire aux larmes sans raison, ces temps-ci ?

Non. Elle était bien un peu stressée par moments, mais…

— Pas vraiment. Tu veux bien m'envoyer un test ? Enfin, trois ?

— Non, répondit fermement sa jumelle. Tu ne vivras pas ça toute seule. Je prends l'avion aujourd'hui même, avec un stock de tests. Je te rappelle pour te préciser mon heure d'arrivée.

C'était stupide, mais Angelique eut envie de pleurer.

— Merci, Lucia. Je ne sais pas ce que je ferais sans toi. Je t'aime tellement. Tu es l'autre moitié de moi-même. Je serais perdue, si tu n'existais pas.

Nouveau silence.

— Luciana ? Tu es toujours là ?

— Oh ! mon Dieu, tu es enceinte !

La journée passa à une lenteur insupportable et, lorsque Angelique aperçut Luciana parmi les passagers, elle eut un mal fou à ne pas se précipiter vers sa sœur pour se jeter dans ses bras.

Sa jumelle la regarda, l'embrassa, puis murmura :

— Aux toilettes. Tout de suite.

Elles entrèrent dans deux cabines adjacentes, et Luciana lui glissa une boîte de tests sous la porte avant de refermer la sienne.

S'il y avait des caméras de surveillance, un agent de sécurité les attendrait sans doute à la sortie, songea Angelique avant de sortir un test de son sachet.

Après avoir lu la notice, elle procéda comme indiqué et attendit.

Trois minutes plus tard, elle recommença le processus.

En sortant de la cabine, elle croisa le regard de sa sœur dans le miroir et n'eut pas besoin de dire quoi que ce soit.

— *Dios mío,* murmura Luciana. Viens, allons dîner quelque part.

Alors qu'elles venaient de s'attabler dans un restaurant du bourg situé à proximité du manoir, Valentin appela. Dès qu'Angelique lui apprit qu'elle était avec sa sœur, il répliqua qu'il ne viendrait pas ce soir comme il en avait eu l'intention et qu'il les verrait le lendemain.

— Il a peur de moi, dit Luciana. Et il a raison. Quand vas-tu lui annoncer la nouvelle ?

Le poulet grillé eut soudain un goût amer.

— Tu devrais profiter que je sois là.

— Je crois que je préférerais le lui dire en privé.

— Comme tu voudras.

— Je pourrais peut-être le faire par téléphone.

— Pour ne pas voir sa tête quand il apprendra la nouvelle ? répliqua sa sœur. Ni être témoin de sa colère quand il comprendra que ses chers médecins se sont trompés ?

Angelique secoua la tête.

Au contraire, elle voulait voir son visage, et l'émotion qui l'envahissait à cette pensée la troublait profondément.

— Notre arrangement… ne prévoit pas d'enfant. Valentin n'en voudra pas.

Sa sœur haussa un sourcil.

— Il ne voudra pas avoir un enfant avec moi. S'il est guéri de son infertilité, il me quittera, se cherchera une princesse qui lui convienne et l'épousera. Une aristocrate digne de lui et que son pays acceptera sans réserve.

— Pourquoi es-tu avec Valentin, si c'est ce que tu penses ? Tu as si peu confiance en lui que tu le croies incapable d'assumer ses responsabilités ?

Angelique tressaillit douloureusement.

— Il est roi. Je sais qu'il choisira toujours son pays en premier.

— Dans ce cas, c'est un imbécile.

— Peut-être.

Sa sœur la dévisagea d'un air songeur.

— Tu l'épouserais, s'il te le proposait ? Tu passerais le restant de ta vie à ses côtés, parée de robes somptueuses et de tiares de diamants, sachant que, un jour, ton enfant monterait peut-être sur le trône d'un pays étranger ?

Baissant les yeux, Angelique imagina l'avenir qui l'attendrait si elle devenait la reine consort de Thallasia.

Le cirque qui avait lieu chaque fois qu'ils apparaissaient quelque part multiplié par cent. Chaque journée planifiée de A à Z. Des devoirs et des responsabilités à n'en plus finir, prenant sur le temps qu'elle consacrait aux chevaux.

Les chevaux… Le haras familial…

Elle pourrait dire adieu à tout ce pour quoi elle avait travaillé. D'un autre côté, elle se voyait très bien se réveiller avec Valentin auprès d'elle chaque matin.

— Je n'en sais rien. Je doute qu'il me le propose.

— Oh ! détrompe-toi, il te le proposera ! répliqua sombrement Luciana. Quelle histoire…

Incapable d'avaler une bouchée de plus, Angelique reposa sa fourchette.

— Mange.

Impossible. Elle secoua la tête et battit des cils pour refouler ses larmes.

Au même instant, un flash l'éblouit.

Sa sœur poussa un juron, jeta sa serviette sur la table et se leva.

— Viens, Angelique. Allons-nous-en d'ici !

Où atterrirait la photo ? Sans doute paraîtrait-elle le lendemain dans un journal ou un autre, accompagnée d'un gros titre la disant anéantie parce que le roi avait enfin retrouvé la raison et l'avait plaquée.

Ce qui serait peut-être le cas.

— Les clés.

Angelique les tendit à Luciana et s'installa côté passager.

Au moment où le garde posté à la grille les salua et les laissa passer, elle s'était ressaisie et réussit même à sourire au jeune homme.

Tout ce luxe. Ces prairies magnifiques et ces équipements parfaits pour les chevaux, elle allait peut-être les perdre parce que Valentin lui avait loué ce domaine et était redevenu son amant, uniquement parce qu'il se croyait stérile. Toutes les bases de leur relation s'écroulaient puisqu'elle était enceinte.

— Je crois que je vais faire le troisième test. Juste au cas où.

— OK. Et ensuite je te passerai trois autres boîtes.

— Combien en as-tu apporté ?

— Douze.

Angelique laissa échapper un petit rire étouffé.

C'était un peu exagéré, mais Luciana avait raison, mieux valait être certaine qu'elle portait l'enfant d'un roi stérile.

— Merci.

— Nous allons trouver une solution, la rassura sa jumelle. Nous sommes des Cordova, ne l'oublie pas.

Sa nièce Juliana sur les talons, Valentin se dirigeait d'un pas allègre vers les écuries.

La simple perspective de retrouver Angelique le rendait heureux. Trois mois s'étaient écoulés depuis qu'elle s'était installée au domaine, et sa fascination pour elle ne faisait que croître de jour en jour, n'en déplaise à tous ceux qui espéraient la voir disparaître.

D'un commun accord, tous deux avaient décidé qu'elle l'accompagnerait à un événement officiel chaque mois et qu'il participerait seul à tous les autres. Cela suffirait à montrer qu'il la fréquentait toujours. Et, s'ils s'affichaient rarement ensemble, la presse aurait moins d'opportunités de raconter des horreurs sur elle.

Mais dans le privé ils devenaient de plus en plus proches,

Comme en attesterait son tout dernier projet en date – offrir un poney Cordova à sa nièce, obsédée par les chevaux.

Ce projet requérait à l'évidence l'expérience et la collaboration d'Angelique. Elle avait promis de s'en occuper et déclaré qu'elle avait un poney en vue, avant d'ajouter qu'il faudrait sans doute user de persuasion pour que son père accepte de se séparer du petit cheval hongre auquel elle pensait.

En revanche, Alessandro aurait préféré que le choix se porte sur une jument, de préférence pleine.

Quand Valentin lui avait raconté la réaction du maître des écuries royales, Angelique avait éclaté de rire.

— Il peut toujours rêver ! Mais fais attention, Alessandro et mon père mijotent quelque chose. Prépare ton carnet de chèques. Ou alors négocie : l'une de tes juments intéresse mon père. Je te dis cela pour t'aider…

Il l'avait taquinée en lui faisant remarquer qu'elle le faisait passer avant sa famille, ce à quoi elle avait répliqué d'un ton désinvolte que non, pas du tout, et qu'elle était prête à le nier jusqu'à son dernier souffle.

Ensuite, ils avaient fait l'amour…

Mais ce n'était pas le moment de penser à cela alors qu'il entrait dans les écuries avec Juliana sautillant à ses côtés.

Angelique se trouvait déjà sur place avec le poney.

Aussitôt, il n'eut plus d'yeux que pour elle, superbe dans ses bottes de cuir noir, son pantalon d'équitation et son chemisier blanc à col officier particulièrement sexy.

— Bonjour, mademoiselle Cordova, dit-il, pensant à Juliana. Que nous proposez-vous ?

Elle inclina la tête devant lui, puis devant sa nièce.

— Majesté, princesse, puis-je vous présenter Girar ? Cela veut dire « tourner ». Quand il était petit, il adorait tourner sur lui-même.

— Girar, dit Juliana en s'efforçant d'imiter la prononciation d'Angelique.

— C'est presque ça, répliqua celle-ci. Écoute bien et répète après moi : Girrrrar.

Juliana se concentra…

— Bravo ! Encore. Oui ! Encore une fois. Tu apprends très vite. Et lui, il va t'aimer, je le sais.

Pour une femme qui se disait peu encline à la maternité, elle faisait preuve d'une patience stupéfiante, songea Valentin en les observant toutes les deux. Sa nièce l'écoutait religieusement, et Angelique paraissait enchantée d'avoir toute l'attention de la petite fille.

— Tu veux que je te dise un secret ? poursuivit-elle. Tous les enfants des palefreniers qui travaillent dans notre haras, en Espagne, apprennent à monter sur Girar. On les met en selle dès leur plus jeune âge, mais de six à huit ans c'est exclusivement lui qu'ils montent. Et tu veux savoir pourquoi ?

Juliana hocha la tête, les yeux brillants.

— Parce qu'il est le meilleur. Si tu perds un étrier, il s'arrête. S'il va trop vite et que tu t'accroches à sa crinière, il s'arrête.

Elle accompagnait ses paroles de mimiques, faisant rire Juliana aux éclats.

— Si tu cries *« para ! »* très fort, il s'arrête aussi.

— Tu lui parles en espagnol ? Pas en anglais ? demanda Valentin.

— Girar est un poney exceptionnel, répondit-elle en soutenant son regard. Il a été sélectionné parmi nos plus beaux chevaux. D'habitude, nous les gardons tous.

Enfonçant la main dans sa poche, elle en tira un morceau de papier froissé plié en quatre et le tendit à Juliana.

— Le dernier garçon qui a appris à monter sur Girar t'a écrit un petit mot. C'est en espagnol, alors tu auras besoin que je t'aide pour le comprendre, mais il te dit tout ce que Girar préfère. D'après ce garçon, seules des personnes très spéciales méritent de monter ce poney, et je suis d'accord avec lui.

— Je lui écrirai, promit solennellement Juliana. Je lui

enverrai un dessin de Girar en train de faire toutes ses choses préférées.

— Il sera très content.

— Viens, intervint Valentin. Voyons de quoi est capable cet échantillon de perfection équine que nous avons tant de chance d'accueillir parmi nous. Il peut être utilisé pour le polo ?

Angelique le foudroya du regard.

— Pardon ? J'ai dû mal entendre.

— Excuse-moi, je ne voulais pas t'insulter. Je me demandais simplement s'il avait été entraîné *aussi* pour le polo.

— Fais-moi confiance, ce cheval connaît la différence entre un débutant et un professionnel. Tu peux l'utiliser en compétition, il ne te décevra pas. Attention, toutefois : il vire *très* court.

Superbe et manifestement bien dressé, Girar semblait ravi d'être l'objet des attentions de Juliana.

Angelique et Valentin reculèrent pour la regarder brosser le cheval, guidée par Alessandro, qui venait de la rejoindre.

— Merci, dit Valentin. Tu as déjeuné ?

— Non, mais je n'ai pas faim. Et comme tu le sais je ne m'arrête pas souvent pour déjeuner.

— Tu es sûre de ne pas vouloir manger un morceau avec nous ?

— Oui, certaine. Mais j'aimerais te parler en privé. Je peux aller te retrouver après avoir donné sa leçon à Juliana ?

Sans savoir pourquoi – il n'était pas particulièrement perspicace –, il pressentit que quelque chose n'allait pas.

— D'accord. Cela te dérange si je reste assister à la leçon ?

— Je… Pardon, Valentin, je…

À sa grande stupeur, Angelique se jeta dans ses bras et s'accrocha à lui presque avec désespoir. Jamais encore il ne l'avait vue dans un état pareil.

— Quand tu voudras, murmura-t-il en la serrant contre lui.

Elle le repoussa en riant, mais les yeux emplis de larmes.

— Je vais d'abord aller chercher la selle de Girar et m'occuper de cette charmante petite fille.

Conscient de la présence de témoins, il la laissa partir avec réticence. Ils ne se livraient pas à ce genre d'effusions en public, d'habitude. Lui par obligation protocolaire, Angelique pour se protéger.

Depuis l'épisode de la lecture ratée, elle n'avait pas fait un pas de travers. Plus les journalistes fouillaient dans sa vie, et plus se précisait l'image des Cordova tels qu'ils étaient en réalité : solidaires envers et contre tout, d'une loyauté indéfectible les uns envers les autres, et possédant le don de se faire des amis et de les conserver.

Angelique sourit à l'adorable nièce de Valentin et commença à lui expliquer le b.a.-ba, lui montrant notamment comment amener le cheval à pencher la tête pour qu'une personne de petite taille puisse lui passer la bride sans avoir besoin d'aide. Ensuite, elle mit Juliana en selle et marcha à côté de Girar, qui s'avançait au pas dans le manège.

Valentin les observait à distance, elle sentait la chaleur de son regard et, stupidement, elle eut de nouveau envie de pleurer.

Peut-être comprendrait-il. Peut-être se rendrait-il compte que ce n'était la faute de personne et considérerait-il même sa grossesse comme un miracle. Peut-être voudrait-il les garder tous les deux, elle et le bébé, et obtenir un héritier tandis qu'elle serait forcée de renoncer à son travail.

Peut-être.

De toute façon, maintenant qu'elle était enceinte, sa tâche se réduirait à enseigner et conseiller.

Si elle le désirait très fort, peut-être que cette histoire se terminerait dans la joie et le bonheur ?

11.

Angelique savait vraiment y faire avec les enfants. Elle possédait la patience et l'enthousiasme réservés aux seuls pédagogues dignes de ce nom.

À vrai dire, il était surpris de la voir parler avec Juliana avec un tel naturel. Elle avait été claire : elle ne souhaitait pas avoir d'enfants. Elle était avec lui alors qu'elle savait qu'il ne pourrait pas lui en donner. Elle avait choisi.

Et pourtant… La voir s'entendre aussi bien avec sa nièce lui serrait le cœur. Juste un peu.

Vala vint le rejoindre, et ils observèrent Juliana qui, le dos bien droit sur sa selle, suivait scrupuleusement toutes les indications d'Angelique, jusqu'à ce que celle-ci se saisisse des rênes pour arrêter le cheval.

— C'est le poney de luxe que tu vas offrir à ma fille ? demanda Vala.

— Pas seulement. Il est destiné à toute la famille, toi y compris.

— Ah ah ! fit Vala en roulant les yeux.

Elle regarda Girar avec attention.

— Il est bien dressé, je te l'accorde. Angelique reste dîner ? Si c'est le cas, dînerez-vous tous les deux avec nous, ou préfères-tu que je fasse servir un repas pour deux dans tes appartements ?

— Je ne sais pas encore. Je te tiens au courant.

— Angelique est la bienvenue à ma table, naturellement.

— Merci.

Vala haussa les épaules.

— Elle dure encore longtemps, cette leçon ? Parce que, si tu attends que ma fille se lasse de monter ce superbe poney, tu risques de poireauter toute la journée. Plus sérieusement, je dois la récupérer. Son instructeur l'attend.

— Très bien. Mesdames, dit-il à l'adresse d'Angelique et de sa nièce, la leçon est terminée. Tu es attendue, Juliana.

Dès que la petite fille aperçut sa mère, elle descendit docilement de sa monture, et Valentin la regarda repartir avec Vala en direction du palais, sage mais bavarde comme une pie.

Il ne regrettait pas de la gâter. D'autant que, depuis qu'elle était vouée à lui succéder sur le trône, on la soumettait à un programme renforcé.

— Très belle leçon, dit-il en rejoignant Angelique.

Elle confia Girar à Alessandro, puis se tourna vers lui.

— J'espère bien.

Elle paraissait plus calme, à présent.

— Si tu souhaites rester, Vala nous a invités à dîner avec elle et sa famille ce soir.

— Oh… ! murmura-t-elle, l'air soudain paniqué. C'est très aimable de sa part.

— Nous pouvons aussi dîner chez moi, pas de problème.

Il eut droit à un sourire crispé.

— Je préfère te parler d'abord.

C'était urgent, manifestement. Cependant, elle garda le silence tandis qu'ils se dirigeaient vers le palais.

Valentin la fit passer par l'entrée de derrière permettant d'accéder à ses appartements, et l'invita à le suivre tandis qu'il montait les trois étages de l'escalier à vis sculpté dans la pierre et aboutissant à la porte qui donnait directement dans sa chambre par un passage secret.

Angelique regarda autour d'elle, puis se retourna vers la porte ouvrant sur l'escalier.

— Pratique, murmura-t-elle.

— Je fais apporter des rafraîchissements ?

— Je ne resterai probablement pas.

— Je peux savoir pourquoi ?

Elle hocha la tête et inspira profondément.

— Je suis enceinte.

— Pardon ?

— Je suis enceinte.

Suffoqué, il la dévisagea en silence.

— De toi, ajouta-t-elle en redressant le menton.

— C'est impossible !

— Manifestement, non.

Il ne comprenait pas un mot de ce qu'elle disait. Il se détourna, se passa la main dans les cheveux, puis se mit à arpenter la pièce.

— Je sais ce que tu penses, murmura Angelique.

— Ça m'étonnerait.

Il ne pensait pas. Son cerveau s'était arrêté, suspendu à un seul mot. Il ne pouvait pas… Ce n'était pas…

— Qui est-ce ?

Du coin de l'œil, il la vit tressaillir, mais il s'en fichait. Comment avait-elle pu s'imaginer qu'il allait la croire, bon sang ?

— Toi. Je suis enceinte, c'est certain, mais je ne sais pas de combien, je n'ai pas encore vu de médecin. Et ce ne peut être que de toi, puisqu'il n'y a aucun autre homme dans ma vie. Je ferai tous les tests ADN que tu voudras pour te le prouver. Reste la question de savoir si tu comptes reconnaître ton enfant ou pas.

Comment aurait-il pu se poser la question, puisqu'il ne pouvait pas être le géniteur !

— Je suis stérile, Angelique.

Elle baissa les épaules d'un air impuissant.

— Je ne sais pas quoi te dire. Tu m'as expliqué que tu ne pouvais pas avoir d'enfants, et je t'ai cru. Pourquoi aurais-tu menti ? Nous n'avons pas utilisé de moyen de contraception pour cette raison, et pourtant je suis enceinte. Tu devrais refaire les analyses.

— C'est à *toi* de les refaire ! riposta-t-il.

— J'ai refait le test plusieurs fois, et le résultat est toujours le même. *Je suis enceinte !*

— Ne parle pas si fort !

Il ne pouvait la regarder ni s'empêcher de se passer et repasser la main dans les cheveux.

Comment les spécialistes auraient-ils pu se tromper à ce point ? N'étaient-ils pas censés être les meilleurs ? Avait-il été victime d'un complot visant à l'évincer ? Ses résultats avaient-ils été confondus avec ceux d'un autre ?

— Tu es certaine de ce que tu affirmes ?

— J'ai fait des tests achetés en pharmacie.

— Ils ne sont pas fiables.

— J'en ai fait *six*. Et si je n'ai pas encore vu de médecin c'est uniquement parce que je voulais te le dire en premier.

Il s'arrêta devant elle.

— Il n'est pas de moi. Comment serait-ce possible ? Qui est-ce ? Un palefrenier qui travaille avec toi ? L'un de mes gardes ? L'un de ces joueurs de polo qui te tournent autour ?

Le menton haut, Angelique soutint son regard.

Ce fut lui qui baissa les yeux.

— Tu veux que je te mente ? demanda-t-elle au bout de quelques instants.

— Ce que je veux, c'est la vérité, bon sang !

— Et, quand tu auras la preuve qu'il est de toi, que se passera-t-il ? À moins que ton cerveau minuscule ne soit incapable de réfléchir aussi loin ?

Il fallait qu'il sorte de cette pièce avant que le fantôme de son père le pousse à des comportements qu'il s'était juré de ne jamais reproduire.

— Reste ici, ordonna-t-il en reculant vers la porte. Si tu t'en vas, j'irai te rechercher. Où que tu sois.

Sans attendre sa réaction, il sortit et appela ses gardes.

Il en voulait deux devant la porte de ses appartements. Et un troisième au bas de l'escalier dérobé. Dieu seul sait quand il aurait suffisamment recouvré ses esprits pour pouvoir revenir, et il était hors de question qu'Angelique s'en aille.

— Où vas-tu ?

— Loin de toi, répondit-il en dévalant les marches.

Il ne s'arrêta qu'une fois arrivé dans la grotte souterraine découverte autrefois par ses ancêtres.

Seule l'eau glacée lui remettrait les idées en place. S'il se laissait emporter par le courant, il se retrouverait plaqué contre la grille. S'il nageait à contre-courant, il se retrouverait vite à bout de forces, mais les tensions et la colère auraient disparu, chassées par l'instinct de survie.

Il aurait pu remercier son père de lui avoir indiqué la méthode. Il était encore un enfant lorsque celui-ci l'avait poussé jusqu'au bord et lui avait ordonné de sauter.

L'eau glacée lui fit du bien. Sa force l'obligea à se soumettre. Il aurait des bleus et des courbatures. Tant mieux. Ça l'occuperait et l'aiderait à ne pas céder à la colère.

— Il y a des façons plus simples de mourir, tu sais ? lança une voix détachée derrière lui.

Tournant la tête, il vit sa sœur. Sa benjamine de quelques minutes, qui avait réussi à échapper à l'ire de leur père en se contentant d'être belle, docile en apparence, et héritière en second.

— Notre chef de la sécurité m'a dit qu'Angelique Cordova était enfermée dans tes appartements.

— Enfermée, c'est beaucoup dire.

— Quel terme préfères-tu que j'emploie ? Tu es sûr de ne pas vouloir sortir de l'eau ?

— Affirmatif.

— Ta peau vire au bleu.

— Encore cinq minutes.

— C'est quatre de trop. Parce que je n'ai pas la moindre

envie d'être couronnée dans un avenir proche, ni même lointain, pour être franche.

— Angelique est enceinte.

Il eut au moins la satisfaction de voir Vala rester sans voix.

— Elle affirme que l'enfant est de moi.

— Et tu la crois ?

Il n'aurait demandé que cela.

— Elle se dit prête à faire tous les tests que je voudrai.

À ces mots, sa sœur afficha un grand sourire.

— Mais quelle merveilleuse nouvelle !

— Tu es sérieuse ? Angelique Cordova, haïe de tout le pays, porte mon enfant, et tu trouves que c'est une merveilleuse nouvelle ?

— Pas toi ?

— Si ! Je le désire tellement que c'en est douloureux.

Il ferma les yeux et offrit de nouveau la tête au flot glacé. Peur, colère, espoir, larmes, souffrance, il laissa tout jaillir dans un rugissement animal.

Puis il sentit une main fine se refermer fermement autour de son poignet, ouvrit les yeux, et vit sa sœur, tout habillée et trempée, l'entraîner vers le bord de la « piscine ».

— Ceux qui affirment que c'est toi qui as hérité de toute l'intelligence et moi de toute la beauté n'ont vraiment rien compris, marmonna-t-elle. Si tu veux mon avis, nous sommes aussi stupides l'un que l'autre. Aide-moi à me hisser hors de l'eau.

Il s'exécuta.

— Bon, c'est simple, reprit-elle.

Se penchant, elle lui tendit la main pour l'aider à se hisser à son tour. Il essaya bien de se passer de son aide, mais il n'en eut pas la force. Il tremblait, grelottait, et sa peau était légèrement bleuie, en effet.

— Qu'est-ce qui est simple ? demanda-t-il enfin, en claquant des dents.

— La solution. Épouse la femme que tu n'as jamais cessé

d'aimer, chéris l'enfant que vous avez conçu ensemble, et fais ce qu'il faut pour les protéger tous les deux jusqu'à ce que le pays estime enfin Angelique à sa juste valeur, comme tu le fais de ton côté. Cela finira par arriver, et sans doute plus tôt que tu ne le penses, si elle te donne un héritier.

— S'ils acceptent de croire qu'il est de moi.

— Tu as parlé de tests, non ? Eh bien, ils sont faits pour cela. Les gens te croiront lorsqu'ils y seront forcés. Regarde ce qui s'est passé pour moi. Au début de l'année, je n'étais qu'une mondaine à la cervelle de moineau. Et, sans que je change rien à mon profil de mondaine écervelée, je suis devenue du jour au lendemain une source de sagesse, de force et de beauté éternelle. Alors, tu sais ce qu'il te reste à faire. Parce que c'est ce que tu désires, n'est-ce pas ? Si tu pouvais avoir n'importe quelle femme à tes côtés, qui choisirais-tu, sinon Angelique ?

— Et qu'est-ce que j'ai à lui offrir pour la convaincre de m'épouser ? Une nation prête à la jeter en pâture aux fauves…

— Augustus d'Arun a épousé une concubine. Tu trouves que ta situation est pire que la sienne ?

— Angelique est une étrangère.

— La femme de Casimir aussi, et elle pourrait donner de précieux conseils à Angelique. Quant à moi, je peux… je ne sais pas… lui apprendre à gérer tes humeurs ?

— Je n'ai pas d'humeurs.

— C'est ça, répliqua Vala en lui prenant la main. Puisque tu m'obliges à être franche…

Elle le regarda dans les yeux.

— La vie t'offre un cadeau inestimable, la possibilité de fonder une famille, et tout ce que tu as à faire pour l'obtenir c'est ouvrir ton cœur, montrer un peu de bonne volonté et un soupçon de compréhension. Et au lieu de cela tu choisirais la rage et l'autopunition ?

Sentant la colère remonter en lui, il se força à se dominer.

— Je ne les choisis pas. Je suis venu ici pour m'en débarrasser ! Tu ne comprends pas ? Tout ce dont j'ai hérité de lui, c'est ici que je viens le noyer, afin de pouvoir retourner voir une future mère terrifiée, lui offrir mon soutien et lui ouvrir mon cœur ! Je ne sais même pas si Angelique veut de cet enfant. Ce n'était pas prévu. Et si elle refuse tout ? Si elle ne veut pas de moi ?

Vala se détourna, prit la serviette qu'elle avait apportée, puis l'en enveloppa et le serra contre elle.

Il ferma les yeux, acceptant le réconfort de la seule personne qui l'avait toujours soutenu inconditionnellement, même quand il ne s'en rendait pas compte.

— Comment puis-je t'aider ? murmura-t-elle. Que veux-tu que je fasse ?

— Je… Si cela se passe mal, si Angelique refuse et que je devienne détestable… Si tu vois que je commence à dérailler et à me comporter comme lui, protège-la.

— Oui, je la protégerai, chuchota-t-elle. Tu peux compter sur moi.

12.

Angelique avait échafaudé toutes sortes de scénarios, mais jamais elle n'aurait imaginé se retrouver enfermée dans les appartements de Valentin.

Il était parti en laissant deux gardes devant la porte…

Depuis son départ, elle avait eu tout le loisir de visiter les lieux et découvert, en plus de la chambre décorée de tons bleu et beige mettant en valeur le mobilier en acajou, un immense dressing et un salon aux murs tapissés de rayonnages de livres.

Elle regarda la table basse disposée entre les deux fauteuils club en cuir fauve, sur laquelle il y avait un plateau contenant des fruits, du pain grillé, du fromage, des noix, des pâtisseries, de l'eau minérale et des jus de fruits. Le tout avait été apporté dix minutes plus tôt par un garde qui l'avait informée que Sa Majesté la rejoindrait bientôt.

Les hautes fenêtres cintrées ne s'ouvraient pas. S'il existait un autre passage secret, elle ne l'avait pas trouvé.

Alors qu'elle se versait un verre d'eau, Valentin réapparut, les cheveux mouillés et le visage fermé.

— Tu m'as enfermée ici pour aller nager ? demanda-t-elle avec incrédulité lorsqu'il eut franchi le seuil.

— Je n'avais pas le choix.

Il baissa les yeux sur la table basse.

— Tu n'as rien mangé.

Suffoquée, elle éclata de rire.

— Sers-toi, je t'en prie !

Sans dire un mot, il lui tendit une feuille de papier vélin ivoire portant un blason en en-tête et paraphée au bas.

— Signe ce document.

— Qu'est-ce que c'est ?

— Notre contrat de mariage.

Prenant tout son temps, il se pencha et se coupa une lamelle de fromage qu'il posa sur une tranche de pain grillé, avant d'y ajouter une demi-figue.

— Pardon ?

— Daté d'aujourd'hui. C'est la seule solution.

— Il y en a une autre : ne pas t'épouser.

— Je crains que tu ne te rendes pas compte de la situation.

— Tu ne peux pas me forcer à t'épouser ! riposta-t-elle, indignée. Il y a des règles. Des lois.

— Et toutes seront en ma faveur, répliqua-t-il avec un haussement d'épaules. Si, comme tu le dis, l'enfant est de moi, tu portes le futur héritier ou la future héritière du trône de Thallasia, à condition toutefois que le bébé naisse dans les liens du mariage.

Il la gratifia d'un sourire sombre et dénué de toute joie.

— Tu ne partiras pas d'ici avant d'avoir signé ce contrat.

— Tu plaisantes ? Il y a d'autres solutions.

— Lesquelles ? Te cacher quelque part jusqu'à la naissance de l'enfant ? Faire comme s'il n'existait pas ? L'adoption ? L'avortement ? Laisser un enfant de sang royal naître en dehors des liens du mariage ? Je ne tolérerai aucune de ces options. Tu me donneras un héritier. Je t'offrirai une couronne et une vie entière dévouée à tes devoirs royaux. Tu perds au change, j'en suis tout à fait conscient.

Quand elle lui avait annoncé la nouvelle, elle avait vu son expression incrédule et horrifiée. Il ne la croyait pas. Ne voulait pas la croire. Et maintenant il souhaitait l'épouser ?

— Allons, Valentin, tu n'as pas envie de m'épouser. Quand je t'ai annoncé que j'étais enceinte, tu as perdu la tête.

— J'ai recouvré mes esprits.

— Tu ne peux pas désirer m'épouser. Ton peuple ne m'acceptera jamais.

— Nous verrons.

Il avait terminé son petit sandwich et s'en préparait déjà un autre. Proprement. Comme si de rien n'était.

— Réfléchis, Valentin. Tu peux avoir une épouse digne de ton rang, une partenaire capable de t'aider à gouverner, comme Moriana le fait avec Theo et Sera avec le roi d'Arun. Je n'ai pas été préparée pour un tel rôle. Mon univers, ce sont les chevaux. Je ne te serais d'aucune utilité.

Après avoir pris le temps de manger son deuxième sandwich, il se versa un verre d'eau et le but tranquillement.

— Tu veux boire quelque chose ?

— Je ne veux pas être ta jument poulinière.

Il choisit une datte, la mangea.

— Je suis incapable d'être la mère d'un futur chef d'État !

— Tu ne serais pas la première, dit-il avec un petit sourire amer. Écoute-moi, Angelique. Je ne suis pas un magicien. Je ne peux pas faire que ta grossesse n'existe pas, et de toute façon c'est bien la dernière chose que je désirerais. C'est une bénédiction pour moi. Une seconde chance d'assumer le rôle que j'ai cru perdre à tout jamais. Tu as vraiment pensé que je ne la saisirais pas ?

— Puisque, de toute évidence, tu n'es pas stérile, tu peux épouser une aristocrate et fonder une famille avec elle. Pourquoi rester avec moi ?

Valentin blêmit et serra les mâchoires.

— C'est comme cela que tu me vois ?

— Non ! Je ne sais pas… Je pense que le fait que je sois enceinte est un pis-aller et que, si tu avais eu le choix, ce n'est pas ce que tu aurais souhaité pour ton pays.

Il se détourna, enfonça les mains dans ses poches de pantalon et se mit à faire les cent pas.

— Peut-être, mais en tant qu'homme je suis comblé. T'avoir à mes côtés, fonder une famille avec toi, c'est le rêve que je caressais depuis des années sans me l'avouer. Alors, je t'interdis de dire que je ne veux pas de ce qui nous arrive. Je n'aurais jamais cru pouvoir avoir tout cela. Nous sommes heureux ensemble, non ? Moi, je le suis en tout cas. Épouse-moi, et nous continuerons à l'être. Qu'est-ce qui nous en empêche ?

— Ta couronne, peut-être ? dit-elle avec ironie.

— Le peuple de Thallasia s'est remis de mon incapacité à produire un héritier. Qui te dit qu'il ne va pas changer d'avis à ton sujet dès qu'il apprendra que tu vas m'en donner un ?

— Il pourrait très bien me traiter de menteuse, et toi de naïf, et dire que l'enfant est d'un autre homme, même si le résultat du test ADN prouve le contraire.

— Et alors ? Qu'est-ce que cela peut nous faire ?

— Tu n'en serais pas affecté ?

Il se remit à faire les cent pas.

— J'ai eu droit à tout, ces derniers mois. Si certains veulent me traiter de cocu par-dessus le marché, libre à eux. Je veux un vrai mariage avec toi. Je veux tout : ta passion, ta colère, tes problèmes et tes rêves. Nous serons égaux. Je ferai de mon mieux pour être un bon père et un bon mari. Tu auras des chevaux. Des aides. Tu pourras voir ta famille quand tu le voudras.

— Où es-tu allé tout à l'heure, quand tu es parti en m'enfermant ici ? demanda-t-elle à brûle-pourpoint.

— Tu l'as dit : je suis allé nager. Pour me calmer et m'éclaircir les idées. Et ça a fonctionné.

— Tu es sûr que tu ne veux pas réfléchir jusqu'à demain ? La nuit porte conseil… Tu pourrais aussi en parler avec quelqu'un ? Attendre ?

Elle baissa les yeux sur le document rédigé en un jargon incompréhensible.

— Je ne peux même pas le lire, ce contrat de mariage.

— Regarde au dos. Tu as la traduction en anglais.

En fait, il s'agissait d'un contrat assez simple, signé devant témoin. Elle n'avait plus qu'à faire la même chose.

— C'est légal, au moins ?

— Absolument.

— Je serai votre témoin.

Se retournant, elle vit la sœur de Valentin entrer dans la pièce.

On la disait obsédée par sa beauté et son apparence, mais Angelique se rappelait la jeune fille qui avait tenu sa langue lorsque son frère s'était épris de la palefrenière. Elle avait couvert les absences de son jumeau plus d'une fois. Jeune femme, elle avait été une piètre joueuse de polo, mais elle aidait le personnel des écuries à soigner les chevaux sans craindre de se salir ou de se fatiguer. Elle n'était pas ce que les gens croyaient, loin de là.

— Bonsoir, Vala.

— Bonsoir, Angelique. Mon frère vous a-t-il convaincue de ses bonnes intentions et de sa dévotion inconditionnelle ?

Non, pas vraiment.

— Vous avez besoin de moi pour la signature, ou pas ? reprit Vala. Je suis dans les temps.

— Je ne signe pas.

— Je ne te quitterai pas tant que tu n'auras pas signé, affirma Valentin.

Il sortit un stylo à plume en or de sa poche intérieure et le lui tendit.

Elle croisa les bras et le regarda de haut.

— Attends d'avoir la confirmation qu'il est de toi. Fais refaire les analyses et va voir tes médecins pour savoir ce qui se passe. Pourquoi t'avaient-ils dit que tu étais stérile, au départ ?

— L'an dernier je suis tombé malade, et après ma guérison les analyses ont montré que j'étais devenu stérile.

— Et ils ont déclaré que le phénomène était irréversible ?

— Oui.

Angelique le dévisagea un instant en silence.

— Je ne sais pas quoi dire.

— Dis « oui » et signe le contrat.

— Non. Attendons que tu aies fait refaire les analyses, et ensuite prends le temps de réfléchir encore un peu. Vois si nous pouvons trouver une solution moins…

— Moins définitive ? coupa-t-il avec un petit rire sardonique. Tu portes mon enfant. À quoi t'attendais-tu, bon sang ?

— Je ne m'attendais pas à me retrouver dans cette position, répondit-elle en se détournant, incapable de supporter le désespoir qui se lisait dans les yeux de Valentin.

— Très bien, intervint Vala en frappant dans ses mains. Mettons de côté le contrat et les projets de mariage pour l'instant, et faisons venir une équipe médicale pour vous examiner tous les deux, d'accord ?

— Je ne veux pas des médecins du palais, déclara Valentin.

— Non, nous nous passerons de ces bouffons incompétents, acquiesça sa sœur en souriant.

Elle se tourna vers Angelique.

— J'ai fait préparer une chambre pour vous.

— Elle reste chez moi.

— Je pensais rentrer au manoir.

— Je crois que tu n'as pas bien compris, dit lentement Valentin. Tu ne sortiras pas d'ici tant que tu n'auras pas signé ce contrat.

Angelique toucha à peine au dîner servi dans les appartements de Valentin. Il parla de choses et d'autres sur un ton neutre, en évitant d'aborder les questions qui les occupaient tous les deux, à savoir sa grossesse et le mariage. Tous les mets étaient succulents mais, n'ayant vraiment pas faim, elle se contenta d'acquiescer de temps en temps à ce qu'il disait.

À la fin du repas, Valentin reposa sa cuiller à dessert et la regarda droit dans les yeux.

— Excuse-moi de m'être aussi mal comporté lorsque tu m'as annoncé la nouvelle. Je n'aime pas céder à de tels accès de colère, hélas hérités de mon père, mais parfois c'est plus fort que moi…

Il s'interrompit un instant.

— Je suis vraiment désolé, Angelique, et je ferai en sorte que cela ne se reproduise pas.

— Enfant, j'étais complètement dominée par mes émotions, répliqua-t-elle, touchée par sa franchise. J'avais tellement les nerfs à fleur de peau que ma présence pouvait perturber les chevaux. Tu n'imagines pas le nombre de fois où mon père m'a ordonné de quitter les écuries et d'aller m'asseoir sur mon rocher jusqu'à ce que je me sois calmée…

Le souvenir de ces séances quasi quotidiennes lui arracha un soupir.

— Mais la méditation n'a jamais vraiment fonctionné pour moi, et je doute que ton système de nage forcée soit plus efficace. Là, en ce moment même, j'ai des tas d'émotions qui s'agitent en moi et dont je ne sais que faire. La perspective de t'épouser me terrifie. Ma présence à tes côtés serait un frein.

Elle détourna les yeux, incapable de soutenir le regard de Valentin, puis l'entendit se lever et venir s'arrêter derrière elle.

— Je n'ai jamais eu l'intention de te forcer à quoi que ce soit, dit-il avec calme en lui posant les mains sur les épaules. Je n'ai jamais désiré qu'une chose : t'aimer.

Elle sentit un sanglot monter de sa gorge, suivi d'un autre, et se mit à pleurer sans retenue tandis que Valentin l'attirait dans ses bras.

Il la garda serrée contre lui jusqu'à ce qu'elle ait versé toutes les larmes de son corps. Jusqu'à ce qu'elle se sente épuisée et vide.

— Bon, fit-il doucement en lui soulevant le menton. Tu te sens mieux, maintenant ?

— Oui, murmura-t-elle avec un petit sourire tremblant.

Angelique ne se serait certes pas attendue à ce que ce soit Valentin qui annonce la nouvelle à son père, ni à ce qu'il revienne avec elle au manoir, mais il avait manifestement décidé de la surprendre – et de veiller concrètement sur elle.

Il s'installa à demeure au manoir, sans jamais faire allusion à son propre travail, et renforça les dispositifs de sécurité mis en place au duché. Dès qu'elle s'asseyait, il lui demandait si elle souhaitait manger ou boire quelque chose, si elle voulait un coussin pour soutenir son dos. Aux écuries, les palefreniers avaient ordre de se charger des tâches les plus pénibles.

Vala avait tenu parole et fait venir une équipe de spécialistes pour les examiner tous les deux. Un test ADN avait été effectué, confirmant ce qu'Angelique savait déjà, à savoir que Valentin était le géniteur de son enfant.

Quant aux résultats des analyses médicales auxquelles lui-même fut soumis, ils leur apprirent que ses chances de procréer demeuraient minimes, mais pas inexistantes, puisque sa partenaire était enceinte de lui.

Elle passa une échographie, à laquelle assista Valentin, et éclata de rire en découvrant qu'elle portait des jumeaux.

À partir de ce moment, Valentin redoubla d'attentions. Il aurait voulu qu'elle reste allongée toute la journée sur une chaise longue, avec des victuailles à portée de main parce qu'elle devait manger pour trois, aimait-il à lui répéter.

Un beau jour, elle lui déclara tout net qu'il n'avait pas besoin de revenir chaque soir au manoir la border, et qu'il devait comprendre qu'elle n'avait pas forcément envie d'être vue le visage livide et en proie aux nausées matinales, auxquelles elle était toujours sujette.

De son côté, Vala poussait son frère à annoncer publiquement sa paternité et son mariage prochains.

— Lance-toi ! s'exclama-t-elle lors d'une visite au manoir. Tu ne te rends pas service en négligeant tes devoirs et en restant terré ici. Et si tu crois protéger Angelique en la cachant aux yeux du monde entier tu te trompes. La presse sait que tu es avec elle, ils savent que tu as fait venir des spécialistes. On raconte des histoires de plus en plus abracadabrantes sur vous.

— Je ne l'ai pas encore empoisonné ? s'enquit Angelique.

— Non, vous avez fait une chute de cheval, et vous êtes entre la vie et la mort. Ou alors, vous avez eu recours à l'insémination artificielle avec le sperme de Valentin, que vous aviez recueilli et congelé autrefois…

— Eh bien, murmura Angelique en levant les yeux au ciel, Valentin, tu…

— Je t'ai entendue, l'interrompit celui-ci, le visage fermé, en levant les mains. Je préparerai un communiqué et le ferai publier par le palais dès demain.

Il tourna les yeux vers Vala.

— Je pourrais annoncer nos fiançailles et notre mariage imminent en même temps.

— Je n'ai pas dit que j'acceptais de t'épouser ! protesta Angelique.

En réalité, elle se sentait partagée. D'un côté elle mourait d'envie d'être la femme de Valentin, de l'autre elle éprouvait un profond malaise à cette perspective.

— Tu es coincée avec moi, de toute façon. Tu le sais.

— Mais, bien sûr, il préférerait que ses héritiers soient légitimes, fit remarquer sa sœur d'un ton ironique.

— Merci, Vala, répliqua Valentin avec calme. Je n'ai pas besoin de ton aide, alors ne t'en mêle pas. Et toi, Angelique, prépare-toi.

— Je suis prête, dit-elle en se forçant à sourire.

— Menteuse.

— Tu comptes refuser de reconnaître ton enfant ?

Un éclair menaçant traversa le regard de Valentin.

— Jamais de la vie. Tu le sais très bien.

— Alors, je suis prête.

La nouvelle n'avait pas été bien accueillie. Choisir pour maîtresse une étrangère à la réputation sulfureuse était une chose, mais annoncer qu'ils attendaient des jumeaux…

— Je te l'avais dit, lâcha Angelique du bout des lèvres.

Si les réactions hostiles quasi unanimes l'atteignaient plus profondément, elle n'en montra rien. Sa famille resserra les rangs. Aucun de ses membres ne fit de commentaire.

— Je n'ai jamais eu qu'un seul amant, alors si tu veux donner une interview vas-y, je t'en prie. Tout le reste est de la pure invention, ce dont je suis en partie responsable, pour des raisons que j'ai crues valables sur le moment. Parfois même pour me protéger. Ma réputation continue d'ailleurs à me protéger : je n'essayerai pas de gagner le cœur de ton peuple puisqu'il ne me donne pas la moindre chance d'y parvenir.

— C'est ton approche ?

— Quelle est la tienne ? M'imposer aux gens jusqu'à ce qu'ils m'acceptent ? répliqua-t-elle poliment.

Bien trop poliment pour ne pas inquiéter Valentin.

— Exactement, répondit-il avec calme. Nous allons faire publier des articles positifs dans la presse pour contrer les négatifs, et rester solidaires. J'exprime ouvertement ma joie de fonder une famille avec toi. Nous nous marions. Tu sais combien d'articles me critiquent pour ne pas t'avoir demandée en mariage ? Des dizaines ! Que vaut un roi qui n'est pas prêt à se battre pour protéger sa famille ? Et ne me dis pas que nous sommes mal assortis, parce que je ne te croirai pas. Je suis à toi. Tu es à moi. Depuis le premier jour. Tu sais que c'est vrai. Pourquoi refuses-tu d'envisager que nous réussissions à les convaincre ?

— Tu ne vois pas que je serais un poids pour toi ? Cela prendrait des années, toute notre vie, pour que je sois totalement acceptée par ton pays. Sans compter qu'il faudrait que je sois folle pour accepter de consacrer toute mon existence à des devoirs royaux et infliger la même chose à mes enfants.

— Cette vie ne comporte pas que des obligations, Angelique. Il y a des contraintes, certes, mais nous pouvons remplir nos devoirs et élever nos enfants, les aimer et les aider à devenir des êtres merveilleux. Le pouvoir n'a pas que des mauvais côtés. Nous pourrions faire beaucoup de bien, à nous deux. *Tu* pourrais accomplir de grandes choses. Pourquoi ne pas te montrer aux autres telle que je te vois ?

— Bien dit ! s'exclama une voix virile derrière eux.

Celle de Theo, qui apparut avec Moriana.

— Nous arrivons au mauvais moment ? demanda-t-il.

— Pas du tout, murmura Angelique, avant de s'incliner en rougissant.

Valentin retint un soupir.

Moriana, vêtue comme à son habitude avec une élégance raffinée, s'avança dans la pièce, un sourire éclatant aux lèvres.

— Theo a pensé que nous pourrions, oh, je ne sais pas…, aller nous amuser publiquement avec vous. Au milieu de chevaux ou d'enfants…

Elle regarda son mari.

— Pour afficher notre soutien, quel que soit le mode de vie que vous choisirez.

— Elle a aussi fait allusion à des tonnes de paella à terminer, ajouta Theo. C'est la seule raison de ma présence. Valentin n'a pas demandé de renforts pour convaincre la future mère de ses enfants qu'elle a tort de négliger son image. Pas du tout. Nous n'avons pas tout laissé tomber pour accourir à la rescousse.

— Dieu merci, marmonna Valentin en s'avançant vers Theo pour lui donner l'accolade, avant d'embrasser Moriana.

— Voici ce que je propose, dit celle-ci. Nous allons faire une balade à cheval tous ensemble, et nous revenons dîner ici entre amis, qu'il reste ou non de l'excellente paella préparée par la mère d'Angelique.

— Mais Angelique est enceinte. De jumeaux.

Moriana regarda Valentin. Il y eut un blanc.

— Je sais. Tout le monde le sait. Félicitations.

— Il voulait dire par là que je ne devrais pas monter à cheval, expliqua Angelique.

— Oh ! Je…

Theo interrompit sa femme d'un coup de coude.

— Un tour en voiture, alors, proposa-t-il. Ce serait plus civilisé. Ou en calèche. J'adore me promener en calèche.

Il divaguait, manifestement.

Mais l'on dénicha bel et bien une calèche dans une remise du palais, et des chevaux des écuries royales y furent attelés. Un photographe fut convoqué, et le jour suivant une série de clichés les montrant tous les quatre détendus et joyeux parut en ligne.

Le message était clair : mariage ou pas, le roi Valentin de Thallasia avait fait entrer l'étrangère dans son cercle d'intimes.

13.

Trois jours plus tard, après s'être préparée pour la nuit, Angelique rejoignit Valentin dans la chambre de ses appartements du palais et s'assit sur le bord du lit.

— J'accepte de t'épouser, commença-t-elle avec calme. Je veux un petit mariage. J'ai bien dit « petit ». Nous inviterons uniquement nos familles respectives et quelques proches. Et je veux que la cérémonie ait lieu dans la chapelle du palais.

L'expression de Valentin, l'étreinte qui s'ensuivit…

Elle se repentirait peut-être de s'être crue à la hauteur du rôle qui l'attendait, mais jamais elle n'oublierait ces instants.

Maintenant que le mariage était prévu, Valentin se trouvait en proie à une confusion épouvantable. Seul le sexe parvenait à lui faire oublier les problèmes auxquels ils seraient confrontés une fois qu'Angelique deviendrait sa reine. Les contraintes qu'elle devrait accepter, les connaissances qu'elle devrait assimiler si elle voulait représenter la Couronne et le faire sans commettre d'erreurs.

Il pourrait l'y aider, la protéger, il n'en doutait pas. Mais pour cela il faudrait qu'elle admette que, concernant tout ce qui touchait à la royauté, son expérience pouvait lui être précieuse.

Elle savait que les critiques de la presse étaient brutales, aussi avait-elle décrété qu'elle ne les lisait pas.

« Ils finiront par t'accepter, mais cela prendra sans doute

des années, effectivement, lui avait-il dit un matin après avoir refermé le journal.

— J'ai tout mon temps », avait-elle répliqué avec résignation.

À ces paroles, il avait senti son cœur se briser, parce qu'il l'aimait corps et âme et que c'était lui qui l'avait mise dans cette position intenable.

Monter à cheval devait lui manquer, mais elle n'en parlait jamais devant lui. Son chef de la sécurité l'informa qu'elle s'était mise au jogging et qu'elle le pratiquait quotidiennement dans les bois environnants.

Les bans avaient été publiés, mais au lieu de recourir à une image classique et formelle son équipe de relations publiques avait choisi une photo montrant Angelique en train de donner une leçon d'équitation à Juliana. Le photographe avait capté un échange de sourires entre elles, tandis que Valentin les regardait à quelques pas de distance. Son équipe avait choisi ce cliché à cause du ravissement de Juliana et de l'expression d'Angelique, fière des progrès de son élève. Quant à lui, on voyait l'homme plutôt que le roi.

Cette nouvelle approche paraissait fonctionner. En partie.

Parallèlement, les attaques au vitriol continuaient de faire leurs ravages dans la presse.

Moriana et Vala avaient pris Angelique sous leur aile et lui avaient proposé de lui donner des leçons de protocole, déterminées à lui enseigner tous les secrets de l'étiquette.

Angelique était ressortie de la première séance le visage blême et l'air affreusement inquiet.

« C'est du gâteau », avait-elle lancé avec humour.

Mais sa main tremblait quand elle l'avait glissée dans la sienne, et elle s'était appuyée contre lui comme pour s'imprégner de sa force.

Il l'avait soulevée dans ses bras et allongée sur le sofa, puis s'était penché pour enfouir le visage dans son cou. Juste pour se repaître de ses délicieux effluves.

Il pouvait lui offrir tout, excepté la liberté.

— Allons faire un tour à cheval, dit-il le lendemain matin, alors qu'ils reposaient sur le lit, leurs corps nus baignés par la lumière du soleil passant par les fenêtres.

— Tu ne m'avais pas interdit de monter ? répliqua-t-elle en se redressant sur les coudes. Quand je pense que mes parents t'ont donné leur entière approbation…

En effet. Mais il avait peut-être eu tort.

— Je me disais que tu pourrais prendre le poney de Juliana, moi un cheval paisible, et que nous pourrions aller passer la journée au pavillon de chasse. Comme au bon vieux temps.

Angelique le regarda en haussant les sourcils.

— Nous emporterons notre repas, et je ferai du feu dans la cheminée, ajouta-t-il.

— Et si tu t'échappais en douce et qu'on se mariait là-bas demain ? demanda-t-elle après l'avoir dévisagé en silence. Cela résoudrait un tas de problèmes, notamment le choix entre l'organza et la soie. Nous ne nous sommes même pas encore mises d'accord sur le style Empire…

— Désolé. Nous devons jouer le jeu et nous donner en spectacle.

Elle poussa un court soupir.

— Et toi, tu en penses quoi, du style Empire ? ironisa-t-elle.

Les jours suivants, Angelique eut l'impression que tout se passait plutôt bien. Après la première réaction brutale de Valentin puis l'attitude surprotectrice dont il avait fait preuve à son égard par la suite, il était parvenu à trouver une sorte d'équilibre et à lui apporter son soutien sans l'étouffer sous une avalanche de prévenances. Il paraissait content de son sort, d'elle, et confiant dans sa capacité à devenir sa reine.

De son côté, elle s'efforçait de ne pas succomber à l'anxiété face à l'énormité de la tâche qui l'attendait, et au fur et à mesure que le jour du mariage approchait elle comprit qu'elle devait faire des choix. Elle ne pourrait pas continuer l'apprentissage de son rôle d'épouse royale, de mécène – elle devrait en effet parrainer bon nombre d'associations caritatives –, donner des leçons d'équitation à Juliana, diriger ses propres écuries à distance, et être la maman de jumeaux quand ceux-ci viendraient au monde.

Avant d'entamer sa nouvelle vie, elle devait renoncer à l'ancienne.

— Je pars en Espagne vendredi pour régler quelques affaires, annonça-t-elle à Valentin quand il vint la rejoindre ce soir-là au manoir.

Après sa journée de travail au palais, il avait de nouveau participé à une soirée organisée par une société de bienfaisance, avec banquet gigantesque.

Il était si souvent invité à ce genre d'événements… Et il ne se plaignait jamais. Mais parfois, quand il se débarrassait de sa tenue d'apparat ou de son smoking, elle avait l'impression que son énergie restait dans le vêtement. Qu'il ne lui restait plus que la force de lui sourire. Jusqu'à ce qu'ils aillent au lit et qu'il se perde dans sa chaleur.

La charge de travail qui lui incombait était phénoménale. Même son père ne travaillait pas autant.

Elle le regarda s'allonger sur le lit encore à moitié habillé, puis enfouir son visage dans l'oreiller, ses longs cils noirs reposant sur sa joue visible…

— Non, murmura-t-il en roulant sur le dos. Je ne peux pas m'absenter.

— Tu n'as pas besoin de m'accompagner. J'irai seule.

Valentin se frotta le front comme s'il sentait venir le mal de tête.

— Non.

— Si c'est une question de sécurité, je suis certaine…

— Qu'il n'y aura pas de problèmes ? Non. Tu ne quitteras pas le pays sans moi. Règle tes affaires à distance.

— Mais les chevaux et les gens sont là-bas…

Il se redressa sur son séant.

— J'ai dit *non*. Tu resteras à Thallasia jusqu'à la naissance des jumeaux. Et même après tu ne quitteras pas le pays sans moi. Il en sera ainsi, et pas autrement.

— Mais… que crains-tu, au juste ?

Pas de réponse.

— Tu as peur que je ne revienne pas ?

Ils allaient se marier dans moins d'une semaine !

Il détourna les yeux.

— Valentin ?

— Il s'agit de gestion des risques, dit-il sans la regarder.

— Je reviendrai, si c'est cela qui t'inquiète.

— Non, ce n'est pas cela.

— Je ne t'ai donné aucune raison de douter de moi.

Ces paroles lui valurent un regard renfrogné.

— Comme je viens de te le dire, ma décision repose sur une analyse des risques et non sur une quelconque émotion. Je ne peux pas t'accompagner à cause de mes engagements et obligations, par conséquent tu ne pars pas. Désolé.

Il n'avait pas du tout l'air désolé. Plutôt inébranlable.

— Tu es consciente que cela fonctionne ainsi, n'est-ce pas ?

— Je comprends surtout que c'est ainsi que tu *veux* que cela fonctionne, dit-elle lentement. Mais, que nous soyons fiancés, mariés, ou futurs parents, nous n'en demeurons pas moins des individus distincts. Je ne compte pas t'accompagner chaque fois que tu devras sortir du pays pour te rendre à un rendez-vous d'affaires. Est-ce ce que tu attends de moi ?

— Non.

— C'est bien ce que je pensais.

Ils se dévisagèrent quelques instants en silence.

— Fais-moi plaisir, finit par dire Valentin.

— Tu crois que je ne reviendrai pas.

Le silence qui s'ensuivit fut éloquent.

— Comment peux-tu penser une chose pareille ?

— Tu pourrais avoir changé d'avis, maintenant que tu sais ce qui t'attend.

Il avait l'air calme et déterminé, mais sous la façade elle sentait bouillonner les émotions.

— J'ai signé ton papier, je t'ai donné ma parole et je n'ai pas l'intention de te quitter, reprit-elle. Je reste pour toi, d'accord. Mais, toi, tu fais quelque chose pour moi.

Un petit muscle de la joue de Valentin tressaillit.

— Tu connais les limites à ne pas dépasser, n'est-ce pas ?

Quelle générosité…

— Je veux avoir l'assurance que ma famille pourra venir ici ou au palais chaque fois qu'ils le souhaiteront ou que je le souhaiterai. Si je ne peux pas aller les voir, ils doivent pouvoir venir librement me voir. Ma famille, c'est ma force, et je vais avoir besoin d'eux.

— Accordé.

— Et je souhaite qu'Enrique, Benedict, Luciana et ta sœur soient les parrains et marraines de nos enfants.

— C'est hors de question, déclara Valentin en se redressant sur le lit. Trois d'entre eux sont de véritables terreurs. J'allais dire qu'aucun des quatre n'est approprié, mais je ne connais pas suffisamment ton frère pour pouvoir l'affirmer.

Enrique était de loin le plus posé des quatre, en effet. Voire le plus équilibré.

— Tu ne penses pas que nos enfants déborderont d'énergie et auront besoin d'être guidés par ceux qui savent exactement ce qu'ils risqueraient de faire ? Ce seront *nos* enfants, Valentin.

— Exact. J'y réfléchirai.

— Je ne suis pas d'accord, répliqua Angelique en secouant la tête. En ce qui concerne notre relation, le pouvoir ne peut pas reposer entièrement sur toi. Je veux bien accepter de ne pas aller en Espagne. Cela t'inquiète, et je ne désire pas te compliquer la vie. En retour, tu dois m'accorder ce que je demande.

Si Valentin l'avait souhaité, il aurait très bien pu rester sur ses positions, imposer sa volonté à sa future épouse et restreindre ses libertés. Comme l'aurait fait son père à sa place.

Mais il en décida autrement.

— Entendu, murmura-t-il. J'accepte ton choix des parrains et marraines.

Le sourire d'Angelique acheva de le convaincre qu'il avait pris la bonne décision.

Il pouvait y arriver. Il apprendrait à s'adapter aux besoins de sa femme tandis qu'ils avanceraient ensemble dans la vie. Il apprendrait à faire confiance à son jugement et à plier devant elle en cas de désaccord. Il désirait que son peuple estime Angelique à sa juste valeur, et il montrerait la voie.

— Tu devras emmener mes meilleurs agents de sécurité avec toi, mais cela ne m'empêchera pas de m'inquiéter dès l'instant où tu seras partie et jusqu'à ce que tu sois de retour et en sécurité dans mes bras. Cependant, si ce que tu as à faire en Espagne est plus important pour toi que de rester ici, tu peux y aller.

Elle se jeta dans ses bras, les yeux brillants, en lui adressant un flot de paroles en espagnol, qu'il ne comprit pas.

Mais il en devinait grosso modo le sens : elle lui disait qu'il était « merveilleux, compliqué, fascinant, un trésor ». Et cela se terminait par un « Je t'aime ».

Puis se haussant sur la pointe des pieds, elle l'embrassa avec passion, avant de murmurer contre ses lèvres :

— Espèce d'idiot !

S'était-il trompé ?

— Je t'aime, enchaîna-t-elle.

Ah !

Il sourit. C'était la première fois qu'elle le lui disait. Il voulait l'entendre encore et encore, le plus souvent possible. De son côté, il était prêt à s'engager à l'aimer toute sa vie.

— Moi aussi je t'aime, mon amour. Je suis tout à toi. Et prêt à tout pour toi.

14.

En fin de compte, Angelique n'alla pas en Espagne. Elle fit venir jusqu'à elle ses chevaux et les acheteurs.

Les champions de polo de classe internationale ont un peu tendance à se considérer comme des êtres à part, mais dès que les gens du métier apprirent qu'elle vendait ses douze poneys, de préférence par six, plusieurs acheteurs potentiels lui annoncèrent à son grand étonnement qu'ils étaient prêts à venir la voir.

Son père, qui s'occupait d'habitude des négociations, serait disponible pour en discuter avec elle par téléphone, et ils le savaient. Cependant, c'étaient ses chevaux à elle. Elle les avait sélectionnés, élevés, et pas dans le but de les vendre. Mais elle allait mettre au monde deux enfants, assumer des devoirs royaux et réserver du temps pour Valentin. Par conséquent, elle devait renoncer à une partie de son ancienne vie et se séparer de ses chers chevaux.

Les amateurs ne manquaient pas. Elle reçut même une demande provenant du milliardaire incapable de monter correctement.

Il avait pris des leçons d'équitation, écrivait-il. Avant de lui présenter ses excuses pour s'être montré aussi odieux avec elle. Sa sœur l'avait menacé de le déshériter s'il continuait à traiter les gens comme des chiens. Avoir de l'argent ne l'avait pas rendu meilleur, confiait-il. Et, même si elle n'avait pas le moindre désir de lui vendre ses poneys ni d'accepter ses excuses, il tenait à lui dire qu'il regrettait sincèrement de lui avoir parlé comme il l'avait fait sur le terrain de polo de Liesendaach.

Cet échange la fit réfléchir et l'amena à s'interroger sur sa propre impétuosité et sur le manque de retenue dont elle faisait souvent preuve.

Si elle voulait tenir sa place auprès de Valentin et œuvrer pour le bien de Thallasia, elle devait trouver des moyens de s'affirmer plus constructifs. Au lieu de tancer ouvertement ce milliardaire devant témoins, elle aurait pu l'inciter à changer de manière plus subtile. Lui proposer des leçons d'équitation, par exemple. Cette pensée lui parut aberrante, mais elle se demanda néanmoins comment il aurait réagi si elle l'avait encouragé à s'améliorer au lieu de l'humilier.

Au lieu d'ignorer sa demande comme elle en avait d'abord eu l'intention, elle lui répondit que ses chevaux étaient quasiment déjà tous vendus à des joueurs professionnels, mais que s'il voulait aller faire un tour au haras Cordova il y serait le bienvenu. Son père ou leur chef palefrenier lui ferait visiter les lieux.

Après coup, elle se traita d'idiote. Il s'était probablement moqué d'elle, son seul but avait été d'acheter ses chevaux. En même temps, elle se dit que les voyages existentiels prenaient parfois des tours imprévus et qu'elle avait bien fait de lui répondre en suivant son instinct.

— Je dois m'améliorer, dit-elle à Valentin ce soir-là.

— Pour nos enfants ? demanda-t-il.

Elle n'avait même pas réfléchi sous cet angle.

— Oui, pour nos enfants, mais aussi pour toi, et pour tous ceux qui seront amenés à faire appel à moi. Je dois essayer de me dominer et de ne pas perdre mon sang-froid à la moindre provocation… Oh ! mon Dieu ! Cela fait à peine deux minutes que je parle de m'améliorer, et je suis déjà en train de m'énerver !

— Les hormones y sont pour beaucoup, murmura-t-il

en posant une tasse de thé vert devant elle. Personne ne te demande d'être parfaite. Personne ne l'est, de toute façon.

Elle aimait le thé vert, mais à la simple idée de ne pas pouvoir boire de café durant des mois elle avait envie de pleurer.

— Toi, tu l'es presque, répliqua-t-elle en refermant les mains autour de la tasse chaude.

— Aux yeux du public, dit-il d'une voix douce. Tu es enceinte, Angelique…

— Oui, et je suis terrifiée.

— Je sais.

— Je ne veux décevoir personne.

— Je le sais aussi.

— Nous nous marions samedi.

— Oui.

Il l'attira dans ses bras, lui caressa le dos, les reins.

— Tu veux que je t'aide à penser à autre chose ?

— Oui, répondit-elle en lui offrant ses lèvres. Et j'ai besoin que tu te surpasses.

Angelique avait trouvé un acheteur pour ses six meilleurs chevaux en la personne d'un ami argentin de longue date.

Actuellement deuxième meilleur champion de polo du monde, Carlos avait été l'amant d'Enrique avant que celui-ci ne rencontre Benedict, et ils s'étaient brouillés. En revanche, Carlos avait toujours entretenu des relations cordiales avec les jumelles. À présent marié et père de deux jeunes enfants, il montra à Angelique les photos de son ranch et de sa famille enregistrées sur son smartphone.

Elle avait un petit faible pour lui. Elle aimait beaucoup Benedict, prince aussi flamboyant que complexe, mais si les choses avaient tourné autrement, et que Carlos soit devenu son beau-frère, elle en aurait été ravie. De plus, il avait les moyens d'acheter ses chevaux, car il était soutenu par son club international. Avec lui, elle était sûre que ses chers poneys seraient bien traités et qu'ils brilleraient sur le terrain.

Autrement dit, Carlos était l'acquéreur idéal. C'était un peu comme si les chevaux restaient dans la famille, se rassura-t-elle en lui serrant la main après avoir conclu l'affaire… Sans pour autant parvenir à refouler les larmes qui lui montaient aux yeux.

Carlos ne fut pas long à comprendre sa détresse. Il la prit un instant dans ses bras, par pure compassion.

Ce n'était hélas pas l'impression que donnait la photo qui parut le lendemain dans la presse, accompagnée d'un gros titre tordant le cou à la vérité et tournant en dérision ses valeurs et celles de Valentin.

L'identité du vrai père enfin dévoilée !

La légende ne valait pas mieux. Peu importait que Carlos soit un père de famille modèle et qu'Angelique se marie le week-end suivant. Elle était une intrigante de la pire espèce, et Valentin le dernier des imbéciles.

Elle s'efforça d'oublier ces saletés et de démarrer sa journée mais, Valentin étant bloqué au palais plusieurs jours à cause d'une grande conférence organisée dans la capitale autour du projet régional d'alimentation en eau auquel il participait, elle ne réussit pas à le joindre.

Il comprendrait qu'il n'y avait rien de vrai là-dedans, n'est-ce pas ? Il la sermonnerait peut-être un peu pour avoir laissé un autre homme la prendre dans ses bras en public et pour avoir ainsi alimenté négativement la machinerie publicitaire, voilà tout.

La photo avait dû être prise par un palefrenier ou un agent de sécurité. Un opportuniste désireux de se faire de l'argent facile… À moins qu'il ne s'agisse d'une machination visant à empêcher son mariage, d'un coup monté par un courtisan du palais ?

Cette éventualité lui donna la nausée et l'obligea à se précipiter dans la salle de bains.

Assise à même le pavé, adossée au mur à côté du lavabo, elle entendit son smartphone sonner dans la pièce voisine. Elle faillit le laisser sonner mais, pensant que c'était peut-être Valentin, elle se releva pour aller répondre.

Ce n'était pas Valentin mais Enrique. Elle l'imagina en train de lire le journal, Benedict assis en face de lui, tous deux offusqués par sa naïveté.

— Qu'est-ce qui t'a pris, bon sang ? demanda son frère d'une voix glaciale.

Elle retourna à la salle de bains, se rassit sur le sol pavé, s'adossa de nouveau au mur et ferma les yeux.

— Tu fais allusion à la photo…

— Carlos ! l'interrompit Enrique. Tu as pensé à quoi, au juste ? Je sais que tu as toujours eu un faible pour lui, mais qu'est-ce que vous fabriquiez ensemble ? Pourquoi t'être laissé photographier avec lui quelques jours avant ton mariage, alors que ton roi se bat de toutes ses forces pour avoir le droit d'être avec toi ?

— Je sais, je sais. Ce n'était pas délibéré de ma part. C'est une erreur stupide, je le reconnais.

Elle inspira à fond.

— J'ai vendu mes chevaux, reprit-elle d'une toute petite voix. Tous. J'ai pensé que je devais me consacrer entièrement à mon nouveau rôle de reine, alors j'ai vendu tous mes chevaux à un brillant joueur de polo qui est par ailleurs un homme d'honneur, et ensuite j'ai pleuré comme une enfant parce que je venais de perdre l'identité que j'avais passé toute ma vie à construire.

Un silence accueillit ses paroles, suivi d'un juron étouffé.

Elle coupa la communication et lança à travers la pièce le smartphone, qui atterrit sur le pavage, l'écran brisé, à l'image de son incapacité à être la reine de quiconque.

Elle était trop impulsive, trop émotive. Trop bornée pour faire profil bas et ménager la réputation de ceux qui l'aimaient. Il y avait tellement de règles ! Elle n'arriverait jamais à les connaître toutes. Et c'était d'autant plus grave que, désormais, il ne s'agissait plus d'elle seule.

Valentin serait furieux contre elle, à juste titre.

Au bout de quarante minutes d'alternance entre crises de larmes et vagues de nausée, elle finit par se sentir moins mal et prit une deuxième douche, déterminée à recommencer sa journée à zéro.

Elle irait dire adieu à ses chevaux le lendemain soir, quand le personnel serait parti et qu'il n'y aurait plus personne pour la voir sangloter. Quant à ce que Valentin allait penser en voyant la photo…

Les qualificatifs sordides revinrent la hanter.

« Menteuse pathologique », « manipulatrice », « aventurière », « intrigante ».

Peut-être qu'il n'y aurait pas de mariage, finalement.

Lorsque, à 7 h 15, Valentin vit sa sœur et son secrétaire particulier arriver chez lui, la mine sombre, il devina immédiatement le motif de leur visite.

— Un problème ? s'enquit-il. Parce que je suis attendu à 9 heures pour accueillir et présenter la délégation britannique.

Il avait prévu de passer toute la journée là-bas mais, après avoir jeté un coup d'œil au journal posé sur le plateau que lui tendait son assistant personnel, il avait compris qu'il devrait revoir ses plans.

Le gros titre était déjà dur à avaler, mais la photo l'avait touché en plein cœur.

Angelique dans les bras d'un autre homme, s'accrochant à lui comme s'il représentait tout pour elle.

— Qui est cet homme ? demanda-t-il à sa sœur.

— Un joueur de polo.

— Et qui a pris la photo ?

— Un membre du personnel de sécurité, répondit son

secrétaire particulier avec dégoût. Il a été démis de ses fonctions, Majesté.

Trahi par un homme dont le travail consistait à les protéger, Angelique et lui !

Il avait déjà été victime de ce genre de trahisons, et cela lui arriverait encore, mais c'était toujours difficile à encaisser.

— Très bien. Annulez ma participation à la conférence et prévenez mon chauffeur que je me rends au domaine dans une demi-heure.

— Dois-je avertir Mlle Cordova de votre arrivée imminente, Majesté ?

— Non.

— Je peux t'accompagner…, commença Vala.

— Non. Je ne suis pas en colère, je suis déçu par cette violation grossière de notre vie privée. Mais nous ne pouvons hélas pas éviter ce genre de choses. Quant à insinuer que je ne suis pas le père, ces rumeurs courent depuis le début.

Il désigna le journal d'un geste de la main.

— Emportez-le. Il ne m'apprend rien de nouveau.

Excepté la monumentale erreur de jugement d'Angelique et sa malencontreuse idée de se jeter dans les bras d'un joueur de polo. Ainsi que la jalousie féroce qui menaçait de l'aveugler à la vue de cette maudite photo.

Son secrétaire s'éclipsa, mais Vala resta, l'air inquiet.

— Dois-je te rappeler que le penchant à la colère de notre père n'était pas son meilleur trait de caractère ? demanda-t-elle doucement.

— Tu me vois écumer de rage ?

— Non, mais je reconnais cette lueur dans tes yeux. Tu es sûr de ne pas vouloir attendre de te calmer avant d'aller au domaine ?

— Non.

Il n'en voulait pas vraiment à Angelique. Sa colère était dirigée contre ceux qui s'acharnaient à détruire la meilleure chose qui lui soit jamais arrivée. Le plus beau cadeau qu'il ait jamais reçu.

— Ne dis rien que tu puisses regretter ensuite, Valentin.

— Je ne dois pas lui demander pourquoi elle s'est mise dans une situation aussi compromettante, par exemple ? rétorqua-t-il en foudroyant sa sœur du regard. Elle ne sait pas encore ce que c'est que d'être épié et traqué sans répit. Mais elle apprendra, tu l'as dit toi-même.

Valentin trouva Angelique assise devant sa coiffeuse, et il resta un moment immobile à la regarder jouer avec la bague de fiançailles qu'il lui avait offerte.

Elle était plus belle que jamais, toute en courbes douces et féminines. Belle et triste, tandis qu'elle contemplait la bague qui brillait dans sa paume.

Tout vestige de colère fut aussitôt remplacé par l'inquiétude à la pensée qu'elle puisse être anéantie à cause de cette malheureuse histoire. Si elle avait eu le journal entre les mains, elle savait déjà ce que son geste regrettable leur avait coûté.

Quand il croisa son regard dans le miroir, il y vit une telle désolation, une telle imploration muette, qu'il comprit qu'elle avait bien vu cette fichue une.

— Remets ta bague, dit-il doucement.

Elle secoua la tête, l'air encore plus misérable.

— Remets-la, répéta-t-il d'une voix encore plus douce, et explique-moi ce qui s'est passé. Et si je peux régler le problème je le ferai.

— Tu ne peux pas le régler. Parce que c'est moi, le problème, répliqua-t-elle, les yeux emplis de larmes. Je n'ai pas fait exprès d'être si triste que Carlos s'est senti obligé de me réconforter. C'est un excellent joueur. Je ne pouvais pas leur offrir mieux. Avec lui, ils seront bien traités.

— De quoi parles-tu ?

— De mes poneys de polo. Je les lui ai vendus.

Il la contempla en silence, suffoqué.

— Cela n'avait pas de sens de les garder, poursuivit-elle, les lèvres tremblantes. Je suis enceinte. Je vais devenir quelqu'un d'autre, maintenant. À quoi bon les garder ? Mais je ne m'attendais pas à ce que ce soit aussi douloureux. Je les ai vus naître, tous. J'ai aidé à mettre au monde la moitié d'entre eux. Je les ai élevés. Nous les avions sélectionnés, mon père et moi, pour les garder, pas pour les vendre. Ils étaient mes compagnons, mes confidents. Mon identité. Tout est parti.

Le sacrifice d'Angelique lui déchira le cœur. Elle avait renoncé à tout pour lui, pour être avec lui. Elle s'était séparée de ses chers chevaux, et pour toute récompense son peuple la traînait une fois de plus dans la boue.

— Tu n'étais pas obligée de les vendre.

— Si.

Elle renfila la bague, inspira profondément, puis se leva et se retourna vers lui, superbe et élégante, mais l'air si crispé qu'il tressaillit douloureusement.

C'était lui le responsable. Lui qui l'avait dépouillée de tout ce à quoi elle tenait.

— Je croyais que tu participais à un sommet important jusqu'à ce soir ?

— Non, répondit-il en la prenant dans ses bras.

Elle s'abandonna aussitôt contre lui.

— Nous irons les rechercher, murmura-t-il en lui caressant le dos. Et tu pourras…

— Continuer à exercer mon métier ? Tu sais bien que c'est impossible.

— Si j'abdique, tu le pourras sans problème, répliqua-t-il spontanément. Je suis sincère. Nous nous marions dimanche, nous intronisons Vala lundi, et ensuite nous partons. Tu n'as qu'un mot à dire. Je t'aime. À la folie. Il faut que tu le comprennes.

— Oh ! Valentin…, chuchota-t-elle en enfouissant le

visage dans son cou. Moi qui croyais que cet article allait te mettre en rage.

— C'est ce qui s'est passé, mais pas de la façon que tu crois. Thallasia ne te mérite pas, ni moi, mais j'ai bien l'intention de passer le restant de mes jours à te convaincre du contraire.

— Tu ne m'en veux pas pour cette photo ?

— Je suis très en colère à cause de cette photo, c'est vrai. Mais pas contre toi.

Elle redressa la tête et le regarda dans les yeux.

— Ils ne s'arrêteront pas d'écrire des choses horribles sur moi.

— Pas avant un certain temps, je le crains. Mais je sais que ce sont des salades, Angelique. Je connais ton cœur, et il m'appartient. Alors, que je sois digne de toi ou pas, je ne te laisserai pas partir. Pas sans moi, du moins. Choisis l'endroit où tu veux aller, et je t'accompagne.

À ces mots, elle fondit en larmes. Elle pleura longtemps, mouillant le devant de sa chemise.

Cela ne le dérangeait pas. En revanche, la voir sangloter lui déchirait le cœur.

Au bout d'un long moment, les sanglots s'espacèrent, puis elle se redressa en s'essuyant les yeux, avant de regarder ses doigts et de laisser échapper un petit rire étouffé.

— Et ils ont le culot d'affirmer que leur mascara est waterproof !

Les traces noires qui maculaient sa chemise attestaient en effet du contraire.

— Tu m'aimes assez pour tourner le dos à ton devoir ? demanda-t-elle lentement.

— Oui. Parce que toutes ces histoires te détruisent.

— Je ne suis pas détruite, répliqua-t-elle, la voix raffermie. Je suis hyper émotive parce que je suis enceinte et parce que je prends de nouvelles dispositions. C'est tout. Tu n'as pas besoin de renoncer au trône pour me soutenir, ni maintenant ni jamais. J'apprendrai, nous apprendrons, ensemble, et peut-être qu'un jour nous rirons en repensant à nos erreurs, parce que… tu veux que je te dise ?

Il la regarda avec émotion.

— Oui, dis-moi.

— Je vais être la meilleure reine consort que ton pays ait jamais connue.

15.

Les désirs d'Angelique ayant été respectés, la cérémonie aurait lieu dans la chapelle du palais en présence de leurs familles respectives et de quelques proches, dont les trois rois voisins et amis d'enfance de Valentin, accompagnés de leurs épouses, Ana, Moriana et Sera, et de leurs enfants.

Vala s'était chargée de superviser les préparatifs et s'était désignée elle-même pour être son témoin, arguant que si un roi pouvait rompre avec la tradition et se marier en privé il pouvait aussi choisir une femme pour témoin.

Valentin n'y voyait aucun inconvénient, d'autant que Vala était sa sœur et sa jumelle.

La chapelle serait remplie au maximum, mais chacun aurait sa place grâce à l'ingéniosité de l'organisatrice en chef, laquelle avait par ailleurs choisi les magnifiques arrangements floraux, composés avec des fleurs de Thallasia et d'autres que Vala avait fait venir spécialement d'Espagne, choisissant des tons doux et clairs sur lesquels ressortaient de profonds rouges carmin.

Ce serait un mariage tout simple, selon le vœu d'Angelique. Privé, intime. Parfait. Il n'y aurait pas de musique pour annoncer l'arrivée de la mariée. Cela viendrait plus tard, quand ils danseraient pour la première fois en tant que mari et femme. Mais auparavant tous se rassembleraient autour d'une grande table ronde pour déguster le festin préparé par la mère d'Angelique.

Il n'avait quasiment pas fermé l'œil de la nuit. Au moment

de s'habiller, il était si nerveux et impatient que Vala avait dû l'aider à mettre ses boutons de manchette.

Mais tout cela était derrière lui, à présent.

Casimir et Augustus se dirigèrent vers la porte de la chapelle, en ouvrirent les deux battants, et Angelique apparut, nimbée de lumière.

Toute l'assemblée retint son souffle tandis qu'elle s'avançait dans l'allée centrale au bras de son père, qui la conduisit jusqu'à lui avant de retourner à sa place.

Ensuite, ils furent seuls tous les deux face à l'archiprêtre, et il mit toute sa ferveur à promettre de la chérir, l'honorer, la servir et la protéger.

Quand un peu plus tard il releva le court voile couvrant le visage de sa femme, un rayon de soleil filtra à travers le vitrail et les inonda de sa lumière dorée.

Il embrassa Angelique le plus respectueusement possible, alors qu'il brûlait de la soulever dans ses bras et de l'emporter à cheval au pavillon de chasse pour l'aimer.

Sagement, ils descendirent l'allée main dans la main sous une pluie de pétales de rose lancés par les enfants.

Angelique avait l'impression de nager dans le bonheur. Jamais elle n'avait été aussi heureuse.

Tout se déroulait exactement comme elle l'avait souhaité. Grâce à Valentin et à Vala, laquelle n'avait pas ménagé ses efforts et, tout en s'occupant de son frère, avait veillé à ce qu'elle soit bien entourée pour se préparer au grand jour.

Un seul photographe avait été convié, et une séance d'un quart d'heure lui avait été accordée. Pas une minute de plus. Sa mère avait déployé tous ses talents. Aidée de deux cuisiniers, elle avait préparé un somptueux festin, qui lui valut les compliments sincères et chaleureux de tous les invités.

Détendu durant le repas, Valentin renonça au discours

qu'il avait prévu pour adresser à leurs proches quelques mots de remerciement venus du cœur. Puis il se tourna vers elle.

— De nouveaux chevaux t'attendent dans nos écuries, Angelique, poursuivit-il. Carlos m'a aidé à les choisir, épaulé par ton père et par Alessandro. À l'avenir, ne te sens jamais coupable de leur accorder du temps, parce que je souhaite que tu entretiennes tes passions, en plus de celle que tu éprouves pour moi, ajouta-t-il avec humour. Je te les offre en cadeau de mariage parce que, en dépit de toutes les épreuves qui nous attendent, je ne permettrai pas que le poids de la couronne écrase la femme merveilleuse que tu es.

Il ponctua ses paroles par un toast, qui fut suivi d'autres allocutions et d'autres toasts.

Puis il y eut le bal…

Un bal disco, organisé par Benedict dans une annexe du manoir, avec boule à facettes et ampoules colorées ! Il avait fait venir un DJ très prisé qui trônait derrière ses vinyles tel le monarque d'une dynastie d'un genre différent.

Le photographe avait été renvoyé depuis longtemps, heureusement !

Elle s'amusa comme une folle, avant de se sentir brusquement rattrapée par la fatigue.

— Mon épouse adorée aimerait-elle prendre un peu de repos ? lui demanda Valentin en lui tendant le verre d'eau qu'il était allé chercher pour elle.

— Je me suis entraînée à dire au revoir à nos invités pendant trois jours entiers. Avec l'aide de Moriana.

— Cela ne m'étonne pas d'elle !

— Si personne ne m'interrompt, ça ne devrait pas me prendre plus de trois minutes, j'ai chronométré.

Valentin lui sourit et leva la main pour arrêter la musique.

— Votre attention, s'il vous plaît ! Merci à tous d'être venus. Nous vous demandons trois minutes d'attention. Ensuite, nous disparaîtrons et vous laisserons vous amuser aussi longtemps que vous le souhaiterez !

Jamais elle n'avait parlé aussi vite. Dans son timing elle avait oublié de prendre en compte les embrassades, mais dix minutes plus tard ils quittaient le bal sous les cris et les applaudissements.

Voyant que son mari l'entraînait dans la direction opposée au manoir, elle s'étonna :

— Où allons-nous ?

— Au pavillon de chasse.

— Maintenant ?

Elle était ouverte à toutes les surprises, mais une chambre somptueuse avait été préparée pour eux au manoir, éclairée par des dizaines de bougies. Un superbe déshabillé de dentelle l'attendait dans le dressing. Elle avait tout prévu, même un assortiment de chocolats fins fabriqués spécialement par un artisan local recommandé par Vala.

— Le pavillon de chasse est prêt à nous accueillir pour notre nuit de noces, dit Valentin avec un sourire irrésistible. Et il n'y aura aucun singe empaillé, promis.

Ainsi, le personnel du palais avait travaillé double…

À l'entrée des jardins, deux chevaux les attendaient. L'un était un étalon noir provenant des écuries royales de Thallasia. L'autre était Armonia, sa jument préférée, que Valentin avait montée si brillamment quelques mois plus tôt et qu'elle avait vendue récemment à Enrique.

— Elle est de nouveau à toi, avec les compliments d'Enrique, lui chuchota Valentin à l'oreille. Quant à savoir si elle est plus rapide que mon étalon le plus rapide…

Mon Dieu, cet homme superbe et généreux lui appartenait… Comme elle-même était sienne, à tout jamais.

Et leur voyage ne faisait que commencer.

Épilogue

Leur fille fut la première à venir au monde. Et trois minutes après Valentin découvrit la voix de son fils.

La sage-femme déposa leur minuscule fille sur la poitrine d'Angelique, peau contre peau.

L'image qui s'offrit alors aux yeux de Valentin, il ne l'oublierait jamais. Il la garderait toujours dans son cœur, jusqu'à son dernier souffle.

Il y eut des larmes, dont probablement les siennes. Même Luciana, qui assistait à l'accouchement, reniflait discrètement.

Puis Angelique sourit, et cette fois Luciana se mit à rire comme une folle avant de se pencher pour embrasser sa jumelle sur la joue puis de se diriger vers la porte en disant :

— Je vais annoncer la bonne nouvelle à la famille !

Valentin l'entendit à peine, car, s'approchant de lui, la sage-femme venait de lui demander d'ôter sa chemise pour prendre son fils contre lui.

Terrifié à l'idée de le laisser tomber, il se concentra sur les conseils qu'elle lui donnait quant à la manière de porter le bébé et de le bercer contre sa poitrine.

— Ils sont si beaux, murmura-t-il en contemplant tour à tour son fils et sa fille avec émerveillement.

Il regarda Angelique.

— Je t'aime tant, dit-il, la voix rauque. Tu m'as donné ce

que je désirais le plus au monde. Je suis le plus chanceux des hommes, tu sais ?

— Oui, je sais, mon chéri. Et tu veux que je te fasse une confidence à mon tour ? Je suis la plus heureuse des femmes.

Vous avez aimé *Le secret d'un monarque* ?
Retrouvez en numérique les précédents romans
de Kelly Hunter :

1. *Royal secret*
2. *Reine par devoir*
3. *Le plaisir d'un roi*
4. *Le secret d'un monarque*

Retrouvez prochainement,
dans votre collection

AZUR

Pacte scandaleux avec un Grec, de Caitlin Crews - N°4444

Molly le sait : Constantine Skalas lui voue une haine farouche depuis l'époque où, adolescents, ils vivaient sous le même toit bien malgré eux. Aussi est-elle choquée par la proposition scandaleuse qu'il lui fait aujourd'hui. Il sauvera sa mère de la faillite, si elle accepte en retour de devenir sa maîtresse ! Acculée, Molly finit par céder aux exigences de Constantine, avec la troublante impression de pactiser avec le diable…

L'épouse du roi disparu, de Maisey Yates - N°4445

Huit ans plus tôt, Agnès a juré allégeance à Lazarus. Sauvée d'une mort certaine par cet homme mystérieux et puissant, elle l'a suivi dans la forêt des Ombres, au cœur du royaume de Liri. Devenue son garde du corps, elle ne le quitte plus, tout en nourrissant en secret d'intenses sentiments pour lui. Mais, aujourd'hui que Lazarus s'apprête à revendiquer le trône de son pays auprès de son propre frère qui le détient, ce n'est pas d'une guerrière qu'il a besoin à ses côtés, mais plutôt d'une fiancée qui l'aidera dans cette quête. Or c'est ce rôle qu'à la grande stupeur d'Agnès il exige de la voir endosser…

La protection de ses bras, de Michelle Smart - N°4446

Cinq ans plus tôt, Elsa s'est invitée dans le lit de Santiago Rodriguez dont elle était follement amoureuse. Or il l'a aussitôt rejetée, lui brisant le cœur par la même occasion. Alors qu'elle espérait ne plus jamais revoir l'homme qui lui a causé cette cuisante humiliation, Elsa découvre que Santiago a été chargé d'assurer sa protection durant un voyage de Vienne à Valence. Un voyage sous le signe de la tentation, tant le désir qu'elle éprouve pour lui est resté vif !

Mariée à Julian Santigo, de Nina Singh - N°4447

Lorsque Julian Santigo offre à Cassie un emploi dans sa luxueuse résidence hôtelière située à Majorque, elle peut difficilement refuser. Elle est seule, sans emploi… et enceinte ! Mais, quand il la demande en mariage, elle ne sait plus que penser. Certes, il ne s'agirait que d'une union de convenance qui permettrait à Cassie de donner à son enfant un foyer, mais peut-elle accepter de s'unir à un homme qui ne l'aimera jamais ?

L'héritier de l'orage, de Jennie Lucas - N°4448

Un violent orage frappe les Hamptons, mais il faudrait bien davantage que des éclairs pour décourager Honora, venue frapper à la porte de Nico Ferraro ce soir-là. Le milliardaire italien, avec lequel elle a passé une nuit six mois plus tôt, doit savoir qu'elle attend un enfant de lui ! Hélas, leurs retrouvailles ne se passent pas du tout comme elle l'imaginait. Frappé d'amnésie, Nico a tout oublié de leur liaison. Pire encore, il exige maintenant que Honora l'épouse, dans l'intérêt de son héritier...

Princesse pour un an, de Cara Colter - N°4449

De retour dans sa ville natale, Maddie mène une vie plutôt morose. Jusqu'à sa rencontre avec un bel étranger qui fait aussitôt battre son cœur très vite. À force de promenades dans les criques secrètes des environs, tous deux apprennent à se connaître et se rapprochent. Et c'est avec stupeur que Maddie découvre bientôt qu'elle est tombée amoureuse... d'un prince ! Mais sa surprise grandit encore quand Edward Alexander de Havenhurst lui révèle qu'il doit se marier et qu'elle serait pour lui l'épouse idéale – mais pour une année seulement !

Amoureuse d'un mystérieux patron, d'Ally Blake - N°4450

Regard intense, cheveux noirs et barbe de trois jours. L'homme sexy qu'Evie croise chaque jour dans le train la fascine. Qui est cet apollon ? Et où va-t-il ? Alors qu'elle pense à lui sans arrêt, Evie découvre avec stupeur que son bel inconnu n'est autre que son nouveau patron ! Dès lors, elle doit veiller à garder secrets les sentiments qu'il lui inspire, bien malgré elle. Armand Debussey lui est interdit, même si son cœur lui crie le contraire...

Liaison torride à New York, de Melanie Milburne - N°4451

SÉRIE : *OBJECTIF PASSION* - 3/3

Une nuit torride à New York ? Voilà une perspective très tentante pour Zoey. D'autant que le don Juan qui cherche à l'attirer dans son lit n'est autre que Finn O'Connell, l'homme le plus sexy qu'elle ait jamais rencontré. Seulement, pour que cette possible aventure reste sous contrôle, Zoey doit se montrer prudente. En effet, jamais elle ne devra oublier que Finn est un homme impitoyable, prêt à tout pour obtenir ce qu'il veut – et son plus grand rival en affaires...

L'amant de Hawaï, de Cathy Williams - N°4452

SÉRIE : *LE MYSTÈRE DES STOWE* - 1/3

Odieux. Max Stowe, le nouveau patron de Mia, est insupportable d'arrogance – mais aussi incroyablement sexy. Pas question pour elle de céder à l'attirance qui la pousse vers lui. En effet, cet homme n'est que de passage à Hawaï, pour retrouver sa sœur mystérieusement disparue, et se lier à lui serait une terrible erreur. Pourtant, dans le cadre paradisiaque qui les réunit, Mia succombe au désir pour quelques nuits interdites…

Étreinte scandaleuse, de Dani Collins - N°4453

SÉRIE : *LES SŒURS DU SECRET* - 2/2

Traquée par une horde de paparazzis qui la confondent avec le célèbre mannequin Oriel Cuvier, Nina trouve refuge chez son ex-amant. Grossière erreur ! Si Reve Weston accepte de lui prêter secours face aux tabloïds, c'est à la seule condition qu'elle s'installe avec lui, dans son luxueux *penthouse* new-yorkais. Là, tous deux devraient pouvoir se mettre à l'abri du scandale. À moins que leurs retrouvailles passionnées ne l'attisent davantage encore…

Le secret d'une nuit de passion, de Lynne Graham - N°4454

Une nuit, une seule, au cours de laquelle elle a cédé à l'attirance irrésistible qu'elle éprouvait pour un inconnu… et la voilà enceinte ! Sous le choc, Grace ignore comment réagir. Cacher à Leo sa paternité ne serait pas juste, elle en a bien conscience. Mais, malgré l'alchimie parfaite qui a opéré entre eux ce soir-là, Grace le connaît à peine. Ce dont elle est sûre, en revanche, c'est qu'un tel imprévu risque de fortement contrarier l'avenir tout tracé de ce séduisant homme d'affaires. Car aujourd'hui Leo Zikos est fiancé à une belle héritière censée lui assurer un avenir professionnel florissant…